天長地久

给美君的信

天长地久

龙应台

湖南文艺出版社

月照

油菜花

　　很久没有想起父亲了。脚步匆匆,出海关进海关,上车下车换车,提起行李放下行李,即便是为了扫墓而如此奔忙,父亲其实一直没进入意念之中。我是一股风啊,不为一株树停。

　　但是,当火车渐渐接近衡阳,离开座位站到门边往外看,满山都是杂树生花的泡桐,田里尽是金黄灿烂的油菜花,父亲突然之间进到意念中来——他的骸骨，就埋在那泡桐树和油菜田覆盖的、柔软湿润的泥土里。强烈的思念蓦然袭来，毫无准备地，我眼泪潸潸，就站立在轰轰隆隆的火车声里……

失乡的人

所有的战争流亡者，都以为只是暂时避难，其实却是与乡土山川的诀别。不是自愿的舍弃，而是乡土从自己的胸膛被拔除，被撕开。失乡之痛，思乡之切，成为许多小说家永远的文学深泉。

"乡"究竟是什么呢？

父亲在世时从来不曾说过他如何"思乡"。他说的，永远是他的妈妈。

清明的霏霏细雨轻软如絮，走在他少年时走过的石板路上，看他曾经游过泳的江水中的倒影，三月的油菜花鲜艳如他儿时所见，我也明白，他说的"妈妈"，他到八十五岁还说得老泪纵横的"妈妈"，包含了江边的野林、百花盛开的泡桐树、油菜花、老屋、石板路，以及妈妈跪在泥土上拔出萝卜、头发凌乱的那些时刻……

如果有坟

从台北飞香港两小时；从香港机场搭七人座到深圳湾口岸四十五分钟；离开香港海关，进入深圳海关，搭车到深圳北站一小时；转高铁，两个半小时车程抵达衡阳站，再搭车四十五分钟到达衡东县一个山路口。沿着一路白檵花爬坡十分钟，终于到了墓前。

在墓地坐了许久，柏树芬芳，草叶摇曳，燃着的香飘起青色的烟。地下的父亲不知是否缥缈有感，但是在青烟依风缭绕里，我突然之间明白了安德烈那句话的深意。

跟安德烈说一个诗人好友的故事。诗人深爱他受苦的母亲。母亲死后，他把骨灰长年放在一个美丽的盒子里，摆在书房。每次搬家，盒子就跟着搬。有一次半夜里来了小偷，早上醒来，盒子不见了。

"你要不要把我的骨灰也放在你书房，摆书架上？"我问安德烈。

我们在缅甸茵乐湖畔一个旅店里。两张古典大床，罩着白色纱帐，外面雨落个不停，我们在各自的帐内，好像国王在享受自己孤独又奢华的城堡。

趴在床上看电子书，安德烈头也不抬，说："不要。"

"那……"我假作沉吟，然后说，"这样吧，我很公平。骨灰分两盒，你一盒，弟弟一盒。你是老大，拿大盒的。"

他说："不要。还是做个坟吧。"

"要坟干什么？"我说，"浪费地球。"

"有个坟，我们才可以收文青观光客的钱，谁要来看作家的墓，收门票。"

我不理他，继续跟他分析：撒海上，不一定要到海中央，搭船多麻烦，或许到无人的海滨岩石即可；埋树下，选一种会开香花的树，花瓣像白色蝴蝶一样的花；也可以"草葬"，就是埋入一片什么都没有、只有绿油油的草地下，让掉下来的枯叶覆盖……这时他放下了书，隔着纱帐，说："你有没有想过，如果有坟，我和飞力普就有理由以后每年依旧来台湾？没有坟，我们和台湾的联系可能就断了……"

父亲的坟是一块小小的石碑，旁边留着一块石头，名字还没刻上，是留给他的美君的。那天真爽朗的浙江姑娘，曾经跟他来到这里。来时已经烽火连天燃烧，人命辗转沟壑，没有想到，大江大海走遍，有一天，他们会双双回到这片柔软的土地。

温情与敬意

钱穆曾经教小学生写作文。他带学生到松林古墓去，坐在墓旁，专心听风穿过松针的声音。风穿过松树的声音，他说，和风穿过其他树的声音，就是不一样。

突然之间雨下来了。他让学生坐在屋檐下，用心看雨，用心听雨。

他在每天的飞机轰炸和空袭警报之间，拿着笔写《国史大纲》，带着对于历史最深的"温情"，最大的"敬意"。

"温情与敬意"，是否只是对待历史呢？

我们如何对待曾经被历史碾碎了身心的亲爱的上一代？我们又如何对待无话可说、用背对着你但是内心其实很迷茫的下一代？

在时光的漂洗中，我们怎么思索生命的来和去？

我们怎么迎接，怎么告别？我们何时拥抱，何时松手？

我们何时愤怒，何时深爱？何时坚定拒绝，何时低头承受？

我们怎么在"空山松子落"的时辰与自己素面相对？

山涧

美君来自浙江。她二十岁爱上的男子，来自湖南。他们走过的路，是万里江山，满目烟尘；怀着"温情与敬意"，我感恩他们的江山、他们的烟尘，给了我天大地大、气象万千的一座教室，上生命的课。当现实的、正在眼前上演的历史使我沮丧的时候，他们所走过的历史阔度和个人生命的宽容，像沙漠困走时心里记得的绿洲泉水。

下一代将来会怎么对待我们？要看我们此刻正在如何对待上一代。社会的进程是不是继续走向内在的溃散？要看我们正在怎么磨炼个人的功课。文字和思想失去领土了吗？走在农村的市集里，或是站在孤独的大武山棱线上，我感觉到一种元气的回流，初心的苏醒。

我意识到，怀疑主义只会来自争执不休的都会。大山无言，星辰有序，野鹿在森林里睡着了，鲸鱼在海里正要翻转它的背脊，这些，都在对与错的争执之外。而人与人、代与代之间的初心凝视，这门个人的功课范围之大、涵养之深、体悟之艰、实践之难，比都会间对于正义的争执要诚实得多，重大得多。

二○一四年十二月一日，我辞去政务，回到文人安静的书桌；二○一七年八月一日，我"移民"乡野，与农渔村民为伍。人们以为是我"牺牲"，放弃了都会的丰满去"奉献"于美君；在大武山的山径上、在菠萝田和香蕉园的阡陌间行走九个月之后，我才知道，那个来自泥土的召唤，是美君在施舍予我。

智慧的施舍，仿佛月照山涧，幽影无声。

目　录

12

“

我很慢很慢地打开，
里面竟然有两行蓝色钢笔字：

此箱请客勿要开

应美君自由开启

”

女朋友

上一代不会倾吐，下一代无心体会……

为什么我就是没想到要把你这个女人

看作一个也渴望看电影、

喝咖啡、清晨爬山看芒草、

需要有人打电话说"闷"的女朋友？

很多年以来，当被问到"你的人生有没有一件后悔的事"，我多半自以为豪情万丈地回说："没有。决定就是承担，不言悔。"

但是现在，如果你问我是否后悔过什么，有的，美君，我有两件事。

黄昏玉兰

第一件事发生的时候，你在场。

阳台上的玉兰初绽，细细的香气随风游进屋里。他坐在沙发上。

他爱开车带着你四处游山玩水，可是不断地出车祸。这一回为了闪躲，紧急刹车让坐在一旁的你撞断了手臂。于是就有了这一幕：我们二人坐在那个黄昏的客厅里，你的手臂包扎着白色纱布，凄惨地吊在胸前。你是人证，我是法官，面前坐着这个低着头的八十岁小男孩，我伸手，说："钥匙给我。"

他顺从地把钥匙放在我手心，然后，把准备好的行车执照放在茶几上。

完全没有抵抗。

我是个多么明白事理又有决断的女儿啊。他哪天撞死了人怎么办。交出钥匙，以后想出去玩就叫出租车，儿女出钱。

后来才知道，我是个多么自以为是、粗暴无知的下一代。你和他这一代人，一生由两个经验铸成：战争的创伤和贫困的折磨。那幸存的，即使在平安静好的岁月里，多半还带着不安全感和心灵深处幽微的伤口，对生活小心翼翼。一篮水果总是先吃烂的，吃到连好的也变成烂的；冰箱里永远存着舍不得丢弃的剩菜。我若是用心去设想一下你那一代人的情境，就应该知道，给他再多的钱，他也不可能愿意让出租车带着你们去四处游逛。他会斩钉截铁地说，浪费。

从玉兰花绽放的那一个黄昏开始，他基本上就不再出门。从钥匙被没收的那一个决断的下午开始，他就直线下坠，疾速衰老，奔向死亡。

上一代不会倾吐，下一代无心体会，生命，就像黄昏最后的余光，瞬间没入黑暗。

只是母亲

第二件后悔的事，和你有关。

我真的可以看见好多个你。

我看见一个扎着两条粗辫子的女孩，跟着大人到山上去收租，一路上蹦蹦跳跳，时不时停下来采田边野花，又滔滔不绝地跟大人说话，清脆的童音和满山嘹亮的鸟鸣交错。

我看见一个穿阴丹士林旗袍的民国姑娘，在绸缎铺里手脚利落地剪布卖布，仪态大方地把客人送走，然后叉腰跟几个蛮横耍赖的士兵当街大声理论，寸步不让。

我看见一个神情焦虑的妇人手里紧紧抱着婴儿，在人潮汹涌的码头上盯着每一个下船的男人，寻找她失散的丈夫；天黑时，她蹲在一条水沟边，拎起铁锤钉钉子，搭建一个为孩子遮雨的棚屋。

我看见一个在寒冬的清晨蹑手蹑脚进厨房做四盒热便当的女人。我看见一个姿态委屈、语调谦卑，为了孩子的学费向邻居朋友开口借钱的女人。我看见一个赤脚坐在水泥地上编织渔网的女人，一个穿长筒雨靴涉进溪水割草喂猪的女人。我看见一个对丈夫坚定宣布"我的女儿一样要上大学"的女人。我看见一个身若飘絮、发如白芒的女人，在丈夫的告别式上不胜负荷地把头垂下……

我清清楚楚看见现在的你。

你坐在轮椅中，外籍看护正在一口一口喂你流质的食物。我坐在你面前，握着你满布黑斑的瘦弱的手，我的体温一定透过这一握传进你的心里，但同时我知道你不认得我。

我后悔，为什么在你认得我的那么长的岁月里，没有知觉到：我可以，我应该，把你当一个女朋友看待？

女朋友们彼此之间做些什么？

女朋友

我们常常约会——去看一场特别的电影，去听一次远方的乐团演奏，去欣赏一个难得看到的展览，去吃饭，去散步，去喝咖啡，去医院看一个共同的老友。我曾经和两个同龄女友清晨五点摸黑到寒冷的擎天岗去看日出怎样点亮满山芒草。我曾经和几个年轻的女友在台东海边看满天星斗到凌晨三点。我曾经和四个不同世代的女友在沙漠里看柠檬黄的月亮从天边华丽升起。我曾经和一个长我二十岁的女友在德国莱茵河畔骑脚踏车，在纽约哈得孙河畔看大河结冰。

我有写信的女友，她写的信其实是一首一首美丽的诗，因为她是诗人。我有打电话的女友，因为她不会用任何电子设备沟通。她来电话时只是想说一件事：我很"闷"；她说的"闷"，叫作"寂寞"，只是才气纵横的她太骄傲，绝不说自己寂寞。有一个女友，从不跟我看电影听音乐会，但是一个月约吃一次午饭。她是我的生活家教，每次吃饭，就直截了当问我有没有问题需要指点。令人惊奇的是，她每次的指点，确实都启发了我。她外表冷酷如金属，内心又温润如白玉。

而你，美君，从来就不在我的"女朋友"名单里。

你啊，只是我的母亲而已。

亲密注视

一旦是母亲，你就被抛进"母亲"这个格子里，定格为我人生的后盾。后盾在我的"后面"，是保护我安全、推动我往前的力量，但是因

21

为我的眼睛长在前面，就注定了永远看不到后面的你。

　　我很早就发现了这个陷阱——我是两个儿子的"后盾"；在他们蓄势待发的人生跑道上，嵌在"母亲"那一格的我，也要被"看不见"了。所以，十五年前我就开启了一个传统——每一年，和他们一对一旅行一两次。和飞力普曾经沿着湄公河从泰北一路南漂到老挝，也曾经开车从德国到法国到意大利到瑞士，跟着世界杯足球赛一场一场地跑。和安德烈曾经用脚步去丈量京都和奈良的面积，磨破了皮，这个月我们即将启程去缅甸看佛寺，一个一个地看。

　　两个人的旅途意味着什么？

　　自由。

　　如果我去探视他们，他们深深陷在既有的生活规律里，脑子塞满属于他们的牵绊，再怎么殷勤，我的到访都是外来的介入，相处的每一个小时都是他们努力额外抽出的时间，再甜蜜也是负担。

　　两个人外出旅行，脱离了原有环境的框架，突然就出现了一个开阔的空间。这时的朝夕陪伴，并肩看向窗外，探索人生长河上流动的风光，不论长短，都是最醇厚的相处、最专心的对待。十五年中一次一次的单独旅行，我亲密注视着他们从少年蜕变为成人，他们亲密注视着我从中年踏进了初老。

　　有一天走在维也纳街头，绿灯亮时，一抬头看见灯里的小绿人竟然是两个女人手牵手走路，两人中间一颗心。维也纳市政府想传达的是：

相爱相婚的不必是"两性"，两人，就够了。

未读不回

停下脚步，人们不断地从我身边流过，我心里想的是你：当你还健步如飞的时候，为什么我不曾动念带你跟我单独旅行？为什么我没有紧紧牵着你的手去看世界，因而完全错过了亲密注视你从初老走向深邃穹苍的最后一里路？

为什么我把自己从"母亲"那个格子里解放了出来，却没有解放你？为什么我愿意给我的女朋友们那么多真切的关心，和她们挥霍星月游荡的时间，却总是看不见我身后一直站着一个女人，她的头发渐渐白，身体渐渐弱，脚步渐渐迟，一句抱怨也没有地看着我匆忙的背影？

为什么我就是没想到要把你这个女人看作一个也渴望看电影、喝咖啡、清晨爬山看芒草、需要有人打电话说"闷"的女朋友？

我抽出一张湿纸巾，轻轻擦你的嘴角眼角。你忽然抬头看我——是看我吗？你的眼睛里好深的虚无，像一间屋子，门半开，香烟缭绕，茶水犹温，但是人已杳然。我低头吻你的额头，说："你知道吗？我爱你……"

那是多么迟到的、空洞的、无意义的誓言啊。

所以我决定给你写信，把你当作一个长我二十六岁的女朋友——尽管收信人，未读，不回。

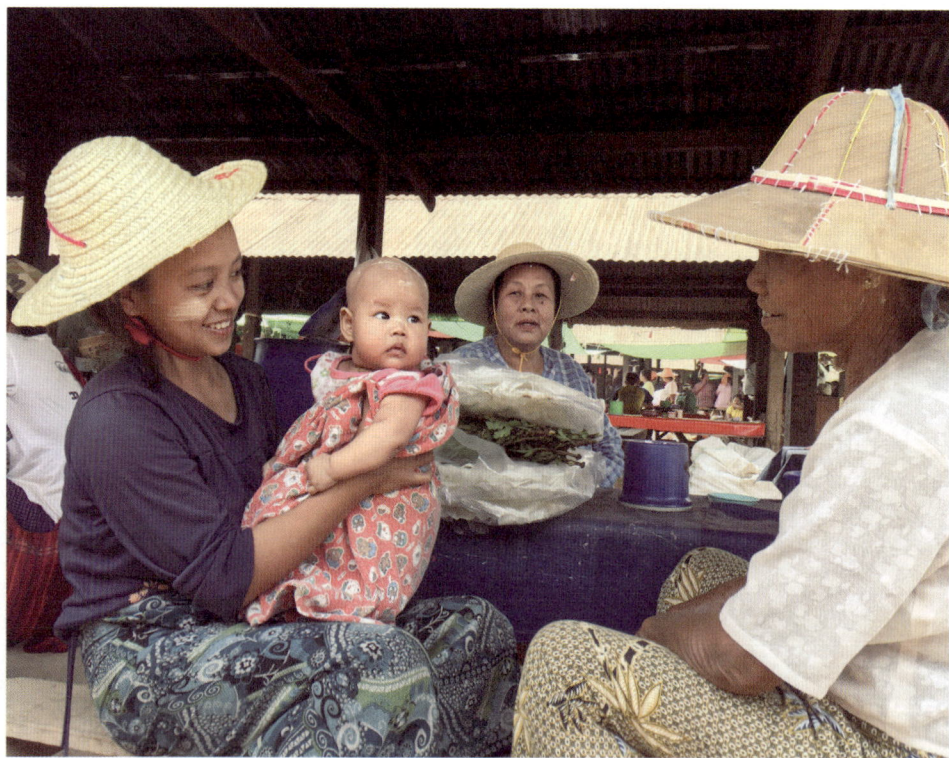

出村

她如果不读大学，

以后就会跟我一样……

帮我洗头的时候，惠淑的手机响了。

半躺着的我，闭着眼睛也能模拟她的动作。满手薄荷香的泡沫，她说"对不起"，关了水龙头，把手上的泡沫冲一冲，然后从插满梳子剪刀的围兜口袋里掏出手机。从她说"喂"的音调就知道，一定是她母亲的电话。她听了一阵子，为难地说："我这里有人客，没法度听你讲，暗时再打给你。"但是那一头母亲巴着不放，继续倾吐，她又听了一会儿，最后决断地说："不行啦，人客在等。暗时再听你讲。"

不必问也知道，住在乡下的老母亲，又跟种田的老父亲吵架了，全世界唯一可以诉说的人，是那个在台北城里从早到晚忙到没有时间接电话的女儿。

苏格拉底

惠淑是二楼美容院的老板，一人工作室，只做预约的老主顾。因为手脚明快利落，客人一个紧接一个，一天有一二十个头等着她处理，也就是说，她一天要连续站立十个小时，马不停蹄。

我不是喜欢闲聊的人——凡是滔滔不绝、絮絮不休的按摩师、美容师，不管功夫多好，我是一定夹着尾巴逃命的，但是惠淑不同。

惠淑是台北市井中的苏格拉底。

在贫困农村长大的她，没有机会受高等教育，小小年纪就拎着一个廉价的塑料袋离乡背井出来学手艺。出师之后，马上用微薄的工资点滴累积，把乡下的弟弟妹妹一个一个带了出来。虽是少女姐姐，担起的却是完整的母责。问她觉不觉辛苦，她说："我是长女，长女就有长女的责任。"

"很多长女也不负责啊，不是吗？"

她说："我没读什么书，可是我想长幼有序就是社会安定的根本。我身为长女如果不负起那个责任，弟妹会迷失，会堕落，那就给社会添了两类人：坏人或者穷人，成为社会负担。制造了社会负担对我自己也不会有好处啦。"

正在吹头的时候，突然看见窗外巨幅的政治人物笑呵呵的头像冉冉升起——又是选举季节了。

惠淑忧虑地说："我看这个人自恋又狂妄，城府很深、机关算尽又故作天真，可是选民吃这一套，台湾怎么办……"

"你怎么看得出他机关算尽却又故作天真？"

她一边用精油摩搓一根一根的发丝，一边列举一件又一件本城发生的事例，证明她的论点，最后在起身去冲洗时做结语："民粹都是短线操作，年轻人只看到眼前热闹，最后真正被害到的是他们自己，这样下去，他们将来恐怕连一个最低薪的工作都会找不到……"

"那……你担心你的孩子吗？"

她想都不想就回答："我跟女儿说，她一定要把书读好，将来要靠自己。自己的命运自己掌握，尤其在乱世。你说这是不是乱世？"

雾米

照顾你的雾米哭了。

听说，是跟在印度尼西亚读大学的女儿通电话时哭的。

我到达潮州时，她正在帮你洗澡。她先把热水注入洗脸盆，用手测好水的温度，再帮你脱衣服。我放周璇的歌曲给你做洗澡配乐，然后坐在旁边陪伴。衣服都脱掉了，我就像个医生一样从头顶到脚指头检查你的身体——翻开肉与肉之间的夹层，看看是否有红肿；端详平常看不到的腋下、股间、腿缝，看有没有疹子。

雾米一边用沐浴乳帮你洗身，一边跟着唱歌。四十岁的她，有儿童似的轻柔嗓音。浴室里充满了水声和歌声，阳光从小小的窗格洒入，缅甸带回来的沐浴乳散发着茉莉花香气。

当你睡下了，我问她家里发生了什么事。

她一下子就红了眼眶。

　　"我赚的钱不够，"她用生涩的中文说，"不够付女儿学费，女儿说妈妈太辛苦，所以要停止大学……"

　　"停止大学了要做什么？"

　　"她想去外国做女佣赚钱，像我一样。她说不要我一个人这么辛苦让她读书。"

　　"你觉得呢？"

　　雾米抹抹眼泪，抬起头看我，说："我妈也是女佣。我小时候，她在香港帮人家带小孩，我长到十几岁才见到她，她回家是因为她生病了，很严重，不能再工作。现在我也打工，女儿小的时候，我在阿拉伯打工，后来在香港，现在在台湾也要五年了。我不要我的女儿跟我、跟我妈一样，但是，她如果不读大学，以后就会跟我一样……"

渔村

　　"她如果不读大学，以后就会跟我一样。"

　　美君，我听过这句话。

　　说这句话的你，四十二岁。

　　我们住在一个渔村里。渔村的屋舍低矮绵延，使天空显得高远辽阔，水鸟在银色海洋和湛蓝天空之间翻跃，海滩上的我们在放白色的风筝。风筝的薄纸被凶猛的海风撞击得猎猎作响，但是无论怎么撞击都饱满坚挺，迎风而上。那声音此刻就在我记忆的海浪里翻腾。

公务员父亲带回家的薪水在一个牛皮信封里，那么薄的一个信封，你把钞票拿出来数，开始算，柴米油盐之外四个小孩的学杂费怎么分配。渔村的女儿们多数是去加工出口区做工的，绑着头巾，骑着脚踏车，沿着两旁全是鱼塭和琼麻的乡村道路，一路踩进工厂大门。她们的工资被母亲们拿去换来一只又一只的金镯，一环一环套上手臂，整条手臂闪闪发光时，女儿就可以结婚了。

你对父亲说："她如果不读大学，以后就会跟我一样。"

跳格子

你说这句话时，有没有前世今生的触电感？十岁的你曾经站在你父亲面前，坚定地告诉他你要和兄弟一样背着书包上小学。十七岁的你曾经站在你父亲面前要求到女子师范学校去注册，你沉默寡言、从无意见的母亲在一旁突然说："让她去吧。"

母亲的坚定吓了你一跳。

人生的曲折路，看不到尽头，也猜不到下一个弯向左向右。路面上画着跳格子游戏，你一格一格往前跳。当你跳到四十二岁的那一格，为女儿做主张的时候，前面的路你看得多远？你有没有看见自己的衰老？你有没有闪过念头，要为自己打算，为自己不甘，为自己怨叹，至少，宠爱一下自己？

渔村的日出从水光潋滟的鱼塭那边上来，渔村的日落从深沉浩瀚的大海那边下去。当清新的晨曦照进你的房间，当柔软的黄昏红霞撞击到你心里的时候，你是否也曾经跟雾米一样突然地悲从中来？

当你也加入那些渔村的女人，坐在矮凳上开始撬生蚝挣钱而割破了手指血流如注的时候，你是否曾经回想到自己在家乡做姑娘、被人疼爱的时光？

在那数十年流离困顿的日子里，你是否曾经因为思念你那沉默的母亲而潸然泪下？你是否曾经因为自己二十四岁就走出了村子，与她此生不告而别，不曾守护她终老，不曾在她坟头上过一炷香，而自责？

我从来不曾问过你。

你心里的你，几岁？

往回看是零岁到六十四岁的波涛汹涌，

滚滚红尘；往前看，似乎大道朝天、豁然开朗，

却又觉得它光影明灭、幽微不定。

　　二月去潮州看你之后回台北的那一天，刚好是我生日。朝气蓬勃的助理特别在电话里大声交代："半票，记得到窗口买半票喔，带身份证。"

骗子

　　到了高铁站，找到平常从未注意过的窗口，上面写的是"孕妇、年长、无障碍专用"，窗口前刚好有三个人在排队——我当场笑出声来，简直就是一出搞笑舞台剧或是交通机构的拙劣广告。你看，这三个排队的人，第一位是个肚子圆滚滚往前挺、身体往后仰、几乎撑不住自己体里的巨无霸孕妇；第二位是个拄着拐杖、驼着背的老爷爷，就差白胡子了；第三位突然矮下去，是一个坐在轮椅里的人。我排第四个，刚好俯瞰他的白色运动帽，帽沿写着某某王爷庙赠。

　　扎着马尾的大眼睛售票员高举着我的身份证端详，笑了，说："这么巧，今天第一次喔？"其实是"今生第一次"，我好像一个骗子魔术师，当场被拆穿，心虚地接过此生第一张老人半票，几乎有冲动想跟她说："对不起，不是故意的……"

进闸口、上电扶梯、走向车厢的一路上，我的思绪紊乱。

那个满六十五岁的我，穿着七分长的卡其裤，踩着白色球鞋，背着背包，戴一顶蓝色细条纹棒球帽，帽檐压着黑色的太阳眼镜。你从前面会完全认不出我，若是从后面喊我，我可能不会回头，因为听不见，我的耳朵里塞着无线运动耳机；凡走路时我大致快走，快走时耳机里听的多半是128BPM的电子音乐。这样的我，接受老人的半票优惠，取之于社会，不该惭愧吗？

可是六十五岁是一个人生的大门槛，文明社会用各种方法来簇拥这个大门槛的地标意义——人口统计学的关键数字、届龄退休的分水岭、保险费估算的指标、半票与免费的优惠起点等等，大张旗鼓地把你恭送到这个孤零零的山头。你站在山头，往回看是零岁到六十四岁的波涛汹涌，滚滚红尘；往前看，似乎大道朝天、豁然开朗，却又觉得它光影明灭、幽微不定，若是极目凝视那长日深处，更仿佛看见无尽的暮霭苍茫。

春秋

那天晚上，跟一个女朋友吃饭。身为著名大律师的她，刚满七十岁。我问她："不管人家看见什么外表，你心里的那个你，自我真实的感觉是几岁？"

　　她安静下来，认真地思索了一会儿，说："我心里的我，四十五岁。"

　　然后她用律师的精准分析把自己的心理状态抽丝剥茧了一阵子，最后反问："你心里的你，几岁？"

　　我突然想到你，美君。我觉得我知道"你心里的你"几岁。

　　你七十岁那年，一口气做了三件让我们觉得不可思议而大大"嘲笑"的事情：一、隆鼻；二、文眉；三、文眼线。

　　行文到此，手指突然停在键盘半空中，我发怔——美君，会不会你那年其实也隆了其他的身体部分，譬如隆乳，只是不想告诉"可恶"的我们？

　　那是二十多年前的台湾，头发染成黄色都会被路人侧目的时代，你会自己跑去做这三件事，我至今惊异不已。七十岁的你，头发已经半白，但是身体里面藏着的显然仍是一个浪漫慕情的女人，看着朝阳打亮的镜子，向往自己有深邃如烟的眼神、英气焕发的眉宇。七十岁的女人心里深深隐藏着的自己，还是那耽溺于美的三十五岁吧？

　　也记得你七十五岁那一年，我带你回家乡杭州。在"浓得化不开"的乡音氛围里，你像午夜的白昙花一样打开了。我从没见过你，一辈子端庄矜持的你，那么豪放地饮酒欢笑，也没见过你那么放纵地释放感情；你和一个好看的中年杭州男子说家乡话，他尊敬地看着你，而你回报的是一种纯情的、天真的、女性神魂的浓郁散发。我拿着酒杯坐在一

36

旁，不说话，心中震撼：乡音有怎样一种颠倒乾坤的勾魂魔力啊，勾到你心深处一根以为早已断裂萎缩的弦，使得你一时之间忘记了你的杭州青春时期，和今日的此时此刻，这中间已经物换星移，春秋几度。

那个回乡的夜晚，表面上七十五岁，心里的你，其实牢牢定格在清澈如水的十八岁。

妈的好得很

我吗？回答大律师女朋友，我的"心里的我"有两个：一个五岁，一个三十九岁。

五岁，就是那个还没进小学受制度教育、凡事惊诧着迷的年龄。我到池边看荷花，是一叶一叶看、一朵一朵看、一茎一茎看的，好像出生以来开天辟地第一次看到荷花。回家发现照片里的荷叶中心竟然有颗心，我会第二天清晨再飞奔荷塘，把荷叶一片一片捧在手里细细看，数荷叶上有几条梗，梗的线条从哪里开始、哪里结束，哪一条梗最突出，那颗心究竟怎么形成。

旅行时，儿子们常常得等我到路边去看一只大眼睛的乳牛、一只歪嘴的胖鹅、一朵颜色稀罕的罂粟花，看饱了再继续走。他们哥儿俩往往忍耐地站在旁边，双手相抱，彼此对望，安德烈假装深呼吸，说："好像带一个五岁的小孩出门。好烦！"

在剑桥，看见据说是牛顿目睹苹果掉下的那株树，我站住，手指

着树，正要跟飞力普说："你看，那棵树……"十七岁的飞力普气急败
坏："你可不可以不要用手指着它，你像一个五岁的、什么都是第一次
发现的小孩，跟你出门实在太尴尬了！"

从他们的反应我逐渐认知到，跟不熟悉的大人朋友在一起时，我必
须让心里那个五岁的人藏好。

我心里还藏着一个三十九岁的人，清晨五点跟着128BPM的音乐劲
走时，看见一〇一大楼方向第一道射进台北城的阳光，会突然想到北极
暖化，冰山融解，原来封冻的冰原阻绝突然变成巨舰艨艟的浩瀚航道，
怦然心动，想去北极大海航行。

跟安德烈到缅甸蒲甘旅行，万座佛寺佛塔散布在万亩的荒野沙漠
里，当地人建议我们租车，我说不不不，骑机车比较能深入穷村、探索
废寺。

我们一人骑一辆机车，在沙尘满天的土路上颠簸，突然窜出几百只
绵羊过路，安德烈刹车差点摔倒，他回头大吼："妈你还好吧？"

我笑着吼回去："妈的好得很。"

夜里，和安德烈坐在小木屋里。热带的暴雨打在铁皮屋顶，每一滴
雨都像落地的轰雷爆炸，发出千军厮杀、万马奔腾的声音，他却能一直
安静地在看一本关于十九世纪的书，这回突然抬头说："要跟你到缅甸
或者秘鲁这种需要体力的国家旅行，就一定得是现在。再过一两年，大
概就只能陪你去美国、加拿大、欧洲这类对老人安全的地方了……"

夜雨狂歌如梦，我明白他的意思。

九十二岁的你，如果能够回答我，请问，你心里最深最深的那个你，几岁？

生死课

我的孩子伙伴们

在他们人生的初始就有机会因目睹而理解：

花开就是花落的预备，生命就是时序的完成。

　　跟安德烈说一个诗人好友的故事。诗人深爱他受苦的母亲。母亲死
后，他把骨灰长年放在一个美丽的盒子里，摆在书房。每次搬家，盒子
就跟着搬。有一次半夜里来了小偷，早上醒来，盒子不见了。

　　"你要不要把我的骨灰也放在你书房，摆书架上？"我问安德烈。

　　我们在缅甸茵乐湖畔一个旅店里。两张古典大床，罩着白色纱帐，
外面雨落个不停，我们在各自的帐内，好像国王在享受自己孤独又奢华
的城堡。

　　趴在床上看电子书，安德烈头也不抬，说："不要。"

　　"那……"我假作沉吟，然后说，"这样吧，我很公平。骨灰分两
盒，你一盒，弟弟一盒。你是老大，拿大盒的。"

　　他说："不要。还是做个坟吧。"

　　"要坟干什么？"我说，"浪费地球。"

　　"有个坟，我们才可以收文青观光客的钱，谁要来看作家的墓，收
门票。"

我不理他，继续跟他分析：撒海上，不一定要到海中央，搭船多麻烦，或许到无人的海滨岩石即可；埋树下，选一种会开香花的树，花瓣像白色蝴蝶一样的花；也可以"草葬"，就是埋入一片什么都没有、只有绿油油的草地下，让掉下来的枯叶覆盖……这时他放下了书，隔着纱帐，说："你有没有想过，如果有坟，我和飞力普就有理由以后每年依旧来台湾？没有坟，我们和台湾的联系可能就断了……"

最后的摇篮

有一年我到了一个小镇叫吴集，在湘江的支流洣河畔。沿着河是一条弯弯曲曲的古街，家家户户门槛相衔，老人坐在大门口闭着眼睛晒太阳，花猫从门槛里探头出来喵喵叫。传统的老屋里头都很暗，但是当我这么一脚高一脚低走过，屋子里有一件东西是看得很清楚的。

几乎每一家幽暗的堂屋里都摆着一口庞大的棺材。

所有关于死亡的联想瞬间浮现，像走路时突然一张大蜘蛛网蒙得你满头满脸。河里有披发的水鬼，山里有跳动的僵尸，树上吊死的人在蹬腿，鬼火在田埂间闪烁，棺材总是在半夜发出指甲抓木板的声音……

我在河边一块大石头上坐下来，开始检讨自己：为什么二十一世纪的我看到棺材觉得恐怖？屋里若是摆着一个摇篮，我会觉得静谧幸福，而棺材只不过是一个人最后的摇篮，为什么我感受到的是恐怖？

那坐在棺材前面舒舒服服晒太阳的老头，对棺材的想象和我是截然不同的。他和他的同代人，只要有一点财力，一过四十岁就赶快为自己买下一口棺材，放在客厅里象征升官发财，如同我们买玫瑰花倾吐爱情、百合花传达纯洁，或者过年时摆出一盆黄澄澄的橘子树，祈求好运。

棺材也是他的金融保险，明白昭告子女，以后老爸的丧葬不会成为他们的负担。女儿出嫁时，如果承担得起，他甚至可能在嫁妆清单里列入女儿的棺材，豪气万丈赢得亲家的尊敬。

棺材，和珠宝、汽车、房产一样，是辛勤累积的资产；死亡，和出生、结婚、上榜一样，是寻常生活的一环。

为什么到了我的所谓现代，死亡变成一个可怕的概念，必须隐藏在看不见的地方？

小白花

而你是从那个时代走出来的人，美君，从小就骑竹马绕着你外婆的棺材玩耍长大。如果不是在二十四岁时永别了家乡，你很可能在四十岁那一年就为自己买好了棺材。

可是你突然变成一个离乡背井的人。

离乡背井的意思，原来啊，就是离开了堂屋里父母的棺材，而且从此无墓可扫。

你知道，我在苗栗读小学时最羡慕的，就是同学常常有机会请假。他们突然消失几天，回来时手臂上别着一朵小小白花。他们"享受"

的是丧假——曾祖父死了，曾祖母死了，叔公死了，舅公死了，祖父死了……

乡下的孩子活在大家族的网络里。竹林簇拥着三合院，三合院簇拥着晒谷场，晒谷场旁几株含笑树开着香气甜腻如麦芽糖的含笑花。墙上挂着几代祖先的黑白肖像，鲜花莲灯日夜供着；井边坐着远远近近的亲戚嗑瓜子聊天。办丧事时，整个村子都动起来——大半个村子同一个姓。

我知道的是，清明节的时候，伙伴都不找我了，因为他们必须跟着家族去扫墓。有时候，一家一姓的墓从各方涌来几百人祭拜，山坡上满满是人，青烟白幡，如嘉年华。

我不知道的是，这些伙伴在上一门学校没教而我没机会上的课。

在绵密的家族网络中，他们从小就一轮一轮经验亲人的死亡；他们会亲眼看见呼吸的终止、眼皮的合上，会亲耳听见招魂的歌声，会亲手触摸骨灰坛的花纹，会亲自体验"失去"的细微。他们从日常生活里就熟知：在同一个大屋顶下，他们自己在长新牙，而同时有人在老，有人在病，有人在死，有人在生。大家族里，有人在地下腐化变成潮湿的泥土，有人在土里等候七年的捡骨。

我的孩子伙伴们在他们人生的初始就有机会因目睹而自然天成地理解了庄子：朝菌暮枯，夏虫秋死，花开就是花落的预备，生命就是时序的完成。

身教

也就是说，因为薪火传承的细密网络没有断裂，他们有一代又一代的长辈，接力给他们进行"身教"：祖父母"老"给他们看，父母伺候长者"孝"给他们看，然后有一天，祖父母"死"给他们看，父母处理丧事"悲欣交集"给他们看。等到老和死轮到他的父母时，他已经是一个修完生死课程学分的人了。

身为难民的女儿，我的家族网、生命链是断裂的，除了父母之外不知有别人。于是人生第一次经历死，晴天霹雳就是与自己最亲的父亲的死；第一次发现"老"，就是目随最亲密的你，美君，一点一点衰败。本地孩子们的生命课得以循序渐进、由远而近地学习，我的课，却是毫无准备的当头棒喝。

而你呢？

二十四岁开始流离，你完全错过自己父母的老和死，在兵荒马乱的岁月里用尽心力挣扎每日的生存，怕是连停下脚步想一下生命的空间都没有。但是这岂不意味着——此刻你自己的"老"，对你是个毫无准备的晴天霹雳？你这一整代的流离者，譬如那些老兵，面对自己的老和死，恐怕都是惊讶而惶恐无措的……

而我的课，虽然迟，却已经有你们的身教——父亲教我以"死"，母亲诲我以"老"。安德烈和飞力普目睹你们的老和死，同时长期旁观我如何对待逐渐失智的你，如何握住你的手，他俩倒是循序渐进地在修这门生死课程。

纱帐

缅甸白色的纱帐，使我想起台湾的童年，全家人睡在榻榻米上，头上罩着一顶巨大的蚊帐，夜晚的故事都在温柔的帐里絮絮诉说。此刻安德烈在他的纱帐里，又低头看他的电子书。我问："你的女朋友现在在哪里？"

安德烈一年有三周的假，他的分配是：一周给妈妈，一周给女友，一周给他酷爱孤独的自己。

"她在越南，带她妈旅行。"

我有点吃惊："她也在和母亲旅行？"

我问："是你俩特别，还是，你们这代人都懂得抽时间陪父母旅行？"

"不少朋友都这么做啊。"

突然想到，过几天和安德烈分手以后，飞力普就紧接着从维也纳飞来台北相聚，这么恰巧的接力陪伴——我动了疑心，问："是凑巧吗？"

安德烈仍然看着书，不动如山，说："这个嘛……我们俩是讨论过的。"

只要一個月亮從山頭升起的夜晚

江水蒲蕩著銀光，蘆葦叢中

蛙聲四起，那時那刻

他倆深信 人間的愛和栗

可以天長地久。

49

1919—

凡 尔 赛

美君还没出生，但是她将来会爱上且天涯与共的人，一九一九年出生在中国湖南一个山沟沟的农村里。

这一年的六月二十八日，巴黎西南大约二十公里处的凡尔赛宫挤满了人。皇宫的一个侧厅里，各国政要和将军们不顾体面，紧张得站到了椅子上，伸长脖子看向隔壁的"镜厅"；从一年前的《巴黎和约》一直吵到此刻的《凡尔赛条约》，就要在这个厅里签字了。

伤痕累累、报复心切的战胜国在此时此刻签下的条约，让德国失去百分之十的国土，百分之十二的国民，百分之十六的煤矿，百分之五十的重工业，还有，德国必须付出两千六百九十亿帝国马克或九十六万吨黄金的赔款。这个复仇数字使德国几近崩溃。集体压抑的愤恨和民族悲情是独裁者的温床，希特勒激情上台。

德国的一战赔款，到二〇一〇年十月三日，才付出最后一笔。

战胜国也得到教训。二战后，就不敢要求赔款了。

火 烧 赵 家 楼

列强竟然把德国在中国占领的权利送给了日本。一九一九年五月四日，大批愤怒的学生冲进交通总长曹汝霖的家。当时的学生领袖、后来的清华大学校长罗家伦回忆说，刚好归国述职的驻日公使章宗祥老老实实被逮住了。学生开始围殴；屋里一张铁床被拆卸成一根根铁棍，把章宗祥打到遍体鳞伤脑震荡；送到医院时，医生宣称病危。

学生掏出原来就准备好的"自来火"，开始纵火。曹汝霖的住宅烧成灰烬。在激烈的运动中，一个原有肺病的同学，跑得太用力，吐血加重，没几天就病亡。学生紧急商量：烧了总长的房子，重伤了驻日公使，这会变成棘手的"官司"，怎么办好？

运动需要有策略，学生决定对外宣称说，那死于肺病的学生是曹汝霖的用人活活打死的。（参见《罗家伦与"五四运动"》，刊于《文史天地》第一百六十期）

一个五四烈士就诞生了。追悼会与鲜花，日日上场。

爱国学生继续鼓动，政府陆续逮捕了近千学生。上海和天津加入罢市，要求释放学生。最后军警悄悄撤退，放学生回家。学生却拒绝出狱，因为一出狱，紧张对峙的氛围就没有了，而运动需要对峙氛围的加温。到了次日，军警来哀求学生出监狱。罗家伦说，车子来接学生回家，一个总务处长对学生打躬作揖说："先生已经成名了，赶快上车吧！"

1919—

荒 村

　　一九一九年寒酷的冬天，湖南衡山县里一个家徒四壁的草房里，二十五岁的农妇龙正坤，村里穷秀才的女儿，欣喜万分生了一个健康的儿子，命名槐生。

　　前一年，南北战争才刚刚结束。那个时代的战争，说不清究竟是谁在打谁，也说不清是为了什么而打。龙正坤知道的是，养活孩子不容易。

　　打仗的军阀需要搜刮村民才有粮食，需要招兵抓人才有士兵。所以正坤知道的就是，天地无情，庄稼种地里，水灾旱灾蝗虫，年年来；即使庄稼足，家里的男孩也恐怕留不住，兵匪成群，不是少了粮食就是丢了男孩。

　　军阀需要粮饷，入村搜刮，所得入了军阀自己的口袋，部队其实仍然挨饿，于是兵就变成山里的匪。匪又怎么活呢？下山搜刮村民。

　　流落异乡的士兵，把枪械转卖给土匪，而军阀需要兵力，又来招抚土匪，土匪又变成了兵。

　　对农妇正坤而言，各路军阀一时南，一时北，扫过一次剥一层皮。各路土匪忽而东，忽而西，下山一次削一层骨。村子永远被看得见的尘土和看不见的恐惧覆盖。

1919—

中 国 孩 子

槐生上学要走很远的路。冬天放学回家，天色早黑，小小的身躯在冰天雪地里跋涉，头上一片冰霜，脚上满是冻疮。回到家，手指直不起来，嘴唇发紫，饿得头晕目眩。晚上，在煤油灯下趴在矮凳上学写字。

曾任驻美大使的蒋廷黻在湖南邵阳长大。上私塾时印象深刻的是，小孩不准游玩，不准运动。玩和运动，都有害读书。

有一次他和哥哥下棋，被老师从窗外瞥见。两人被叫到面前："你们是要挨板子还是罚跪？"

哥哥勇敢，选择挨打，老师打到板子断裂，才停手。蒋廷黻选择罚跪，跪了很久很久。

一九一九年五月十八日，首次访华的美国哲学家杜威从南京发出一封家书到美国，写他看见的中国孩子：

真想有几百万可以为他们广设游乐场、买玩具。我觉得中国人的被动、缺乏自发性，绝对和他们让孩子过早长大有关。孩子们还没长大就先老了。三十多万人口的城市小学不到一百所，每个小学也只有一两百个学生。街上看到的孩子，多半就只会瞪着眼呆看；他们聪明、人模人样，表情也还愉悦，但是严肃老成得令人难以忍受。

后来槐生教育自己爱玩的儿子，说："你是要挨板子还是罚跪？"但是对于女儿，因为不期待她"成器"，就让她随便玩。

1912—1949

田 禾 淹 没 ， 颗 粒 无 收

一九一二年湖南等六省水灾；一九一三年湖北等九省水灾；一九一四年广东等十一省水灾；一九一五年湖南等十二省水灾；一九一六年淮河运河长江水灾；一九一七年河北等七省水灾；一九一八年湖南等九省水灾；一九一九年安徽等十省水灾；一九二一年河南等八省水灾；一九二二年江苏等四省水灾；一九二三年水灾遍及十二省；一九二四年广东等十二省水灾；一九二五年黄河溃堤；一九二六年皖、鲁水灾；一九二七年长江下游及甘肃水灾；一九二八年湖南等九省水灾；一九二九年四川等三省水灾；一九三〇年陕西等十一省水旱虫灾；一九三一年江淮大水灾；一九三二年吉林等十二省水灾；一九三三年黄河大洪灾；一九三四年湖北等十一省水灾；一九三五年湖北福建等十七省水灾；一九三七年四川等四省水灾；一九三八年河南等三省及淮河流域水灾；一九三九年河南等四省水旱虫灾；一九四〇年黄河决口；一九四二年黄河洪水；一九四三年湖南湖北水灾；一九四四年湖南等数省水灾；一九四五年湖北等数省水灾；一九四六年湖南等十九省水灾；一九四七年湖北等数省水灾；一九四八年湖南等数省水灾；一九四九年全国各地水灾……

（参见《古今农业》一九九九年第二期）

中國紅十字会在平縣掩埋溺斃及被水沖去之屍骨

大 饼

美君出生在一九二五年。

法国漫画家把中国画成一个大饼，各国拿刀分饼。美君读小学时，老师就告诉她中国被列强瓜分了。美君的"中国"，是"中华民国"。

但是瓜分究竟是什么意思呢？

杜威在一九一九年五月到了上海，他所目睹的中国让他很震惊：

……工人一天的工资大概是美金两三毛钱，童工只得九分钱。铁工厂停摆，煤矿油田没开发，也无铁路可运输。

中国人为全世界制作瓷器，但是他们自己连小碗小碟都向日本人买。中国人有棉花，但是他们向日本人买棉衣。他们所有的日用品都跟日本人买。再小的乡镇里你都会看见日本人，他们像一个大网，中国人像鱼，大网正朝鱼收拢。

中国所有的矿藏都是日本的猎物，而日本贿赂了北洋政府，已经拿到百分之八十的矿藏……上海外围十里就有浅层煤矿，却是日本人在开采。长江边就有铁矿，是日本人整船整船运回日本。他们付给做苦工挖矿的中国人多少钱？每吨四美元。

杜威才刚上岸没几天，就说：

这样下去，不出十年，中国就会完全被日本军事控制。

后来，国民政府因为打败仗，搬到一个小岛上去了。我的老师继续告诉读小学的我，列强如何瓜分中国。

1935—

亲 爱 的 妈 妈

一九三五年十二月三十日凌晨两点四十五分，法国人安东尼的飞机坠落在沙漠里。他和负责导航的同伴身上只有几粒葡萄、两个橘子、几片饼干和一天份的水。沙漠苦旱，即使遇见湖，那水也是毒咸的。安东尼彻底脱水，海市蜃楼开始出现，幻觉严重。他后来写《小王子》，几乎是半个自传。

三天后获救。安东尼在医院里醒来第一件事，是给妈妈写信。

开罗，一九三六年一月三日

亲爱的妈妈：

读完您的来信，我感动得都哭了。我每天都在沙漠里深深地呼唤您的名字，但是这荒无人烟的沙漠每次都吞噬了我的深情。

我就这么丢下孔苏埃洛真的是太自私了，她那么需要我。我多么想回来保护、照顾你们，但是这无边无际的沙漠挡住了我的去路。我恨这沙漠，我们翻山越岭为的就是能早日和你们见面，我多么需要您的关怀和照顾啊，现在的我就像只极没安全感的小羊一样在呼唤着您。

我想回来的原因之一是担心孔苏埃洛，但其实，我是太想您了。您瘦弱的身躯下有一个强大敏慧的灵魂，每天在保佑、祝福着我。夜深人静的时候，我都只为您祈祷，您知道吗？

安东尼

卿佳不？

我相信《初月帖》是他们之间的暗号。

在某一个月亮从山头升起的夜晚，

当江水荡漾着银光，芦苇中蛙声四起，

那时那刻，他们还深信人间的爱和聚，

可以天长地久。

有一天晚上到一个派出所去报案。所谓报案，就是报备遗失文件，立案了才能申请补发。

我可是在派出所里头长大的女儿啊，你记得吗？二十世纪五十年代的乡村派出所或大一点的分驻所，位置一定在便于控管的要冲，基本上都是日本殖民统治者精选的地点。军舰灰的铁制办公桌，两边各有一摞抽屉；桌面铺着一块大玻璃，从侧面看，感觉玻璃是深绿色的。每一个警察的玻璃桌面压着的，一定是家人照片。那时的人，多半没有照相机，所以玻璃下大大小小的照片，不是笑脸灿烂的欢乐百态，而是照相馆拍出来的正经八百的肖像。申请证照用的呆板大头像之外，就是规规矩矩在摄影师一声令下摆出姿态来的全家福，每个人的眼睛认真瞪着镜头，表情都像在说，不要眨眼，这辈子就这一刻，而且，照相好贵……

就这一刻

这种"这辈子就这一刻"式的黑白照片，总是让我想起德国女朋友安琪拉说的故事：纳粹对犹太人的压迫越来越明显的时候，镇里照相馆的生意突然都发了。大家携老扶幼地去拍"全家福"，她家的照相馆一夜之间变成餐馆一样川流不息。

"这辈子就这一刻"的时代情绪，在今天手机随走随拍随删的小确幸消耗时代里，恐怕恍如隔世地难以传达了。奥地利作家茨威格有过"一刻"，很难忘。身为维也纳颇有名气的精神科医生，他跟着维也纳其他的犹太人被送进了集中营。有一次在转送途中，他发现火车马上要经过他的家，而所有的人都关在一节从外面上了锁的闷罐车厢里，只有一道破缝。几个受难的同胞挤在那道缝前，死命盯着外面不断掠过的光影。茨威格低声下气地请求这几个人给他一寸空间，让他看一眼他家破人亡的"家"，就那么一眼、一刻、一瞬间，看一眼他此生再也无法见到的家。

如果是你，你会不会让给他呢，美君？

我不知道我会不会。在那节随时有人窒息而死的闷罐车厢里，每一个人都在缝里寻找他破碎了的人和家。

轰隆轰隆，火车瞬间就过去了，没有人让开。茨威格没能看一眼那铁轨旁的家，它永远地沉入历史的烟尘。

找人

我记得高雄茄萣乡的一个警员，他也有儿子的照片压在玻璃桌上，一个跟我同年刚考上初中的瘦小男生，两只耳朵尖尖往上竖着，像兔子。那一天消息传来时，我正在厨房里看你烧菜，菠菜丢下热炒锅欻啦一声，冒出热气，住在院子里的另一位警员妻子冲进来凄厉地喊："就是他们，就是他们。"

他们，警员父亲带着儿子共骑一辆摩托车去跟熟人借学费，一家一家去借，回家途中被火车撞上，连人带车给抛进稻田里，当场死亡。也就是那么一刻，家破了。

到今天，我仍然无法理解，一个政府可以要求警察跟他的家人活在每日提心吊胆的风险中，却又给他低微的报酬和没有尊严的生活。

"遗失什么证件？"年轻的警员问。他的办公桌，跟二十世纪五十年代我熟悉的桌子差别不大。此刻他坐在桌前，我坐在桌侧，彼此的方位如同他是问诊的医师，我是求助的病人。当他把数据一一键入计算机时，派出所入口的自动玻璃门突然打开了，一个矮矮胖胖的老妇人站在门口，玻璃门因为她的体重暂时开着，她却站在门槛处不动，让人担心两边的自动门会马上向她袭来。

她穿着拖鞋，七分长的花布裤，短袖花布衫，有点脏。头发烫得焦黄，一脸茫然，看着里面忙碌的警察。有人招呼她进来，我干脆起身走到门边牵她的手，把她带到我身旁的椅子前坐下。

她惶惶然问我："我女儿呢？"

"啊……你女儿？"

我愕然看向警察，警察边打字边说："你坐一下，我们马上帮你找喔。"

她很乖顺地依傍着我坐着——现在任何人踏进来，都会以为我们是一对报案母女了；我问她几岁，她说八十五，问她名字，她说叫阿娥，问她住哪里，她说派出所后面。她的手紧紧抓住我的手，眼睛始终充满恐惧和惶惑："女儿，我来找女儿，我女儿在哪里？"

另一个警察也从手边的事里抬起头来，越过两张桌子对阿娥说："等一下带你回家，不要怕。"

警察把遗失证明递过来给我，我问："你们认得阿娥？"他点点头。

"你们知道她女儿在哪里？"他点点头。

这倒蹊跷了。到派出所来找自己的女儿，她女儿哪儿去了，警察竟然都知道？监狱吗？

送我到门口的警察小声说："阿娥女儿死了好几年了。她天天来找，我们天天送她回家。"

初月

一张黑白照片突然从纸堆里掉了下来，无声地落在地板上，人像朝上，一个笑意俏皮的年轻女子对着镜头，双眼皮非常鲜明。半高的领子立起，看得出是民国时代女学生的旗袍。

怎么突然想起那张照片飘落的刹那？

　　小学校长余舅舅手里拿着信，当着你，当着我们小辈的面，全身发抖，然后垮在藤椅里抱头痛哭。

　　凡是来自浙江淳安的你的男性同学或朋友，我们一概称舅舅，不同于父亲的湖南乡亲称叔叔伯伯。在我们朦胧的认知里，来自父亲家乡南岳潇湘的长辈，在战场上踩过太多尸体，在离乱中见过太多悲惨，一般都有江湖风霜之刚气。我们称舅舅的，却大多是文人气很重的江南书生。余舅舅风姿洒脱，手里常握一卷线装书，写得一手好字。他常常不打招呼，一推纱门就进来，用淳安话朗声问，"美君小妹"在不在家。

　　这封信是寄给我，由我从美国带进来转给余舅舅的，所以我已先读，而且怕转寄遗失，郑重地手抄一遍。余舅舅两个月前写了一封信，托我从美国寄到浙江家乡，今天得到的是第一次的回音。写信的人有个素雅的名字：香凝。美君，在你似睡似醒的灵魂深处，是否还记得你的儿时玩伴香凝表姐？

　　"自君别后，"香凝的笔迹端整，一笔一画都均匀着力，"倏忽三十载……"三十年中，残酷的历史在人世间开展，香凝在人性崩溃的烂泥里多次动念自杀，"念及君犹飘零远方，天地寂寥，无所依靠，乃不忍独死。"

　　分手时，香凝二十岁，写信时已五十岁。"与君别时，红颜嫣然，今岁执笔，凝已半百，疏发苍苍，形容枯槁。"但是，三十年前在祠堂前分手那一刻的誓言，她做到了；香凝终身未嫁。

我以为，接下来香凝要问的，当然是可怜的余舅舅是否也守了信约。我们知道他没有。余舅妈就是同一个小学的国文老师，南投人。我们小辈去喝过他的喜酒，这表示他晚婚。

但是香凝的信，结束得太让我意外了。交代完她自己的别后三十年，最后只有两行字："得去月书，虽远为慰，过嘱。卿佳不？"

美君，你不理解我的反应。我震撼得说不出话来，但是从来不曾跟你谈过这件事。

香凝最后的那句话，来自王羲之的《初月帖》：

初月十二日，山阴羲之报。

近欲遣此书，济行无人，不辨遣信。

昨至此，且得去月十六日书，虽远为慰，过嘱，卿佳不？

王羲之在一千六百年前写给好友的信，说："收到你上月十六日的来信，虽遥远却很欣慰，劳你万端牵挂——你好吗？"

香凝在生离死别、天地寂寥中苦等三十年之后，竟只轻轻问对方：卿佳不？

我相信《初月帖》是他们之间的暗号。

在某一个月亮从山头升起的夜晚，当江水荡漾着银光，芦苇中蛙声四起，那时那刻，他们还深信人间的爱和聚，可以天长地久。

母兽十诫

伤心的同时，我在想：

是的，孩子，如果伦理变成压迫，

亲情变成绑架，

你就应该是那个站起来大声说"不"的人。

虽然你也许不知道，但是我真的到南方来长住了。只有朝夕在身边，才会看见时间的凿工怎么精密地毁坏你的肉体，一天一点点，坚决凿空你。前天用棉纱帮你擦眼角时，你突然全身倾斜，黑眼珠卡在眼角，翻出眼白。昨晚看你泡脚时，发现脚指头下面长了两个硬鸡眼。

时间凿工

怪手拆房子一块一块敲破墙面之前，房子的水电都已经切断了。时间凿工不仅破坏你的肉体表面，他还抽掉你的认知神经，使你变成一个没水没电的空屋废墟。问"疼不疼？"，你无法回答。问"喜欢吗？"，你无法点头。问"开心我在吗？"，你没有反应。

但我想象你什么都了然于心，那心在深不见底的水里，在一个专锁灵魂的黑盒子里，所以我就跟时间凿工约定，凿他尽管凿，作为你人间的女儿，我依旧握你的手，抚你的发，吻你的额，问早安问晚安问你疼不疼。

可是，如果你是我的婆婆，我会这样对待你吗？

自由派

事情是这样开始的。六月初，飞力普从维也纳飞到台北。他其实在准备毕业大考，有两周的复习假，就决定抱着一堆书本飞到我身边做功课。

"你其实没你以为的那么自由派耶……"

两个儿子对我的批评向来尖锐，但是飞力普这个批评，我不服气："举例说明！"

"譬如说，"他好整以暇，"我十四岁你就说过，你不希望我是一个同性恋。"

"此例不佳，"我说，"我有跟你解释原因；如果你是的话，没问题，只是我担心你会比较辛苦，譬如，找伴可能比较不容易，会比较寂寞……"

"你的认知不正确啊，"他说，"同性恋找到伴侣不比异性恋困难。"

"认知不正确不代表不是自由派呀……"

窗外的雨淅淅沥沥下着，最舒服的地方是自己家里。我们各自占据一个沙发，半躺半倚，光脚闲散地搭着茶几，他的腿上搁着打开的计算机，我的裙子上盘着打盹的猫咪，就这么有一句没一句地聊起来。我这个知识分子妈妈够不够言行一致地实践"自由主义"成为辩论题目。

为了挽救形象，我说："那你记不记得，你十四岁第一次去一个整夜不归的派对时，我对你说什么？"

飞力普点头。"记得。你说，儿子，你懂得用保险套吧……"

"你看吧！"我说："当时你没觉得你妈很开放明理？"

"当然没有，"他笑了，"只觉得你落后，好笑；我们谁不懂得用啊？学校早就教过的，我们十四岁比你还懂。"

我有点泄气，他乘胜追击，说："你再想想你对我女朋友的态度，看你有多么自由派……"

小三

谈到儿子的女朋友，美君，我真的被打败了。

人生里有很多角色扮演，而诚实的人在不同角色之间必须有一致性。一个在广场上慷慨激昂演讲自由民主的斗士，回到家里却是一个暴力丈夫、独裁父亲？一个出书教导青年如何奋发向上的教授把学生的成果拿来做自己的论文？ 一个专门咨询婚姻美满的专栏作者被发现戴着口罩和情人暗巷牵手？

我自认是个讲究事理逻辑、主张开放宽容的自由主义信仰者，可是，当儿子真的有了一个"看起来非常认真"的女朋友时，我发现自己只有一个感觉：和儿子之间，有了"小三"。

我一瞬间退到了原始部落的母兽起点。

然后一贯诚实地和飞力普分享内心的挣扎：终于明白了为什么中国古典小说里都是婆婆折磨媳妇的故事，为什么有那么多关于媳妇吞金、跳水、喝农药自尽的故事；终于明白了为什么会有那种我从前觉得无聊透顶的所谓机智问答——"你妈和你妻同时溺水，你救谁？"

原来，"婆婆"和"媳妇"这两个位置是天生相克的；两个女人同时爱一个男人。

我跟飞力普说：*我也想毒死她呢……*

他说：*神经病！*

全球化的意思就是，你最亲密的人，住在万里之遥，所以我的考验，一般也不发生，直到有一次到欧洲出差，约飞力普来我的城市会合。

"我得带她一起。"做儿子的说。

"可是几乎半年不见你了，"做母亲的故作平静地说，"我想和儿子独处几天。这不难理解吧？"

电话里一阵沉默。做母亲的等着。

最后儿子开口了。

"妈，"他说，"我知道这对你很不容易，但是你必须学习接受。要不就是我和她一起来，要不就是我也不来了。你决定。"

我在电话里安静了片刻。母兽受伤情绪一时调整不过来，想对着电话掉几滴眼泪，但是对儿子的尊敬是油然而生的。伤心的同时我在想：*是的，孩子，如果伦理变成压迫，亲情变成绑架，你就应该是那个站起来大声说"不"的人。*

后来？后来当然是他们两人手牵手同来。后来当然是我见到了一个美丽、聪明、自信又有独立想法的年轻"小三"。后来当然是我又失落又委屈又挣扎地强迫自己"学习接受"，接受什么？

接受自己过去哺过乳、洗过澡、一辈子牵挂着、爱着的男人其实是另一个女人未来将一辈子牵挂、爱着的男人；你们两个女人短暂交会于现在，但是你属于过去，她属于未来。对儿子的人生幸福而言，她，比你重要多了。

绝对不要

四年的"母兽自我再教育"下来，又看到一些其他母兽的行为，我已经有些心碎的体会可以分享了，主要是你"绝对不要做"的十件事：

一、绝对不要对儿子说她的坏话；那是道德坏榜样，而且，别以为他不会在枕头上一一告诉她。

二、绝对不要指挥她怎么带孩子。孩子是她的。别忘了她也是全权母兽。

三、绝对不要事先不约就突然出现在他们家门口。你或许以为是惊喜，在她是惊吓。

四、绝对不要在偶尔帮他们看小孩时"顺便"移动他们的
　　家具。女人和猫一样，家具换位置会抓狂、得内伤。

五、绝对不要在家族聚会拍合照时对她挥手说："你走开
　　一下，这张只要原生家庭成员。"

六、绝对不要期待他们所有的假期都来你这里过。因为，
　　如果你是她妈，你会希望每次放假她都带着男朋友来
　　你的家。

七、绝对不要说你儿子多好——他的好与不好，难道她不
　　知道吗？你只不过在酸酸地暗示，她没你儿子好。
　　唉，何苦呢？

八、绝对不要给"金玉良言"。你喜欢过你婆婆的"金玉
　　良言"吗？

九、绝对不要认为她应该伺候你的儿子。如果你是她妈，
　　你会希望她的男朋友伺候她，剥好虾子光溜溜地一只
　　一只送到她嘴里。然后帮她洗盘子。

十、绝对不要问儿子：“如果我跟她都掉到水里，你先救
　　谁？”儿子若是诚实作答，你要伤心了。

认了

回到你，美君，如果你不是我妈而是我的婆婆，我会不会这样决绝地迁居南下，朝夕相伴，陪你走最后一里路？我会不会这样握你的手，抚你的发，吻你的额，而你甚至不认得我？

大概不会。

所以，就认了吧。“小三”不会对你像女儿般亲，可是，她会爱你所爱的人，给你所爱的人带来幸福。母兽，这还不值得你全心拥抱“小三”吗？

二十六岁

他二十六岁，我六十四岁

——他做了我当年该做未做的事。

那一年，圣诞节那种像奶油蛋糕过度甜腻的气氛充满在空气里。美国人毫不遮掩，就是爱甜腻，甜腻就是人间幸福。

纽约冬雪

我是个穷学生，一杯咖啡都有点负担不起，但是大雪初落的纽约街道实在太冷了。看见这家咖啡馆，迫不及待就踏进来，暖气像猫一样热融融地扑进怀里，咖啡香气缭绕在人们愉快的喧哗中。我选窗边的位子坐了下来。双手捧着热热的咖啡，看着窗边不断流过去的行人。

突然有一对母女，手挽着手停了下来，就在我的玻璃窗前，往咖啡馆里头探看。妈妈的银白头发绾成一个发髻，女儿大概二十多岁，留着披肩长发，黑呢大衣胸前别着一枚胸针，是保护野生动物的标志。大衣很厚，更显得她们紧紧依偎。女儿别过脸去，似乎在问妈妈：这家怎么样？满脸皱纹的妈妈笑得开怀，伸出手把女儿头发上几丝雪片拨开。

二十六岁的我，突然热泪盈眶，眼泪就簌簌滴进咖啡里。

在我们的文化里，哪里有"母女专属时间"这个概念？这个社会向来谈的都是我们要给孩子相处的"质量时间"，陪伴孩子长大，什么人谈过我们要给父母"质量时间"，陪伴他们老去？

我在纽约咖啡馆里坐着的时候，美君你正在高雄路竹的乡下养猪。女儿出国深造，两个弟弟大学还没毕业，你们仍然在劳动，为了下一代的教育。

离开纽约咖啡馆，路上积雪已经到脚踝，湿淋淋的雪如同冰沙稀泥，沾了整个皮靴。我跋涉的是雪泥，你在路竹的冬天，涉入冰凉的溪水采割牧草，一捆一捆地，准备背回去喂猪。

那是我第一次发现，两代之间的"质量时间"，并不仅止于给予下一代的孩子，还在于回首上一代的父母，这将是一辈子要坚守的幸福仪式。

世代

和飞力普走在维也纳的街头。他很高，我像个小矮人一样傍着他走路。我说："我们对于爷爷奶奶那一代人心中有疼惜和体恤，因为知道他们从战争和贫穷中走出来，为我们做了很大的牺牲。你们对于我们这一代，大概没有这种感恩和体恤吧？"

他老实不客气地说："没有啊。不批判你们就很好了。"

"什么意思？"

"爷爷奶奶那一代人让你们这代战后婴儿每个人都鹏程万里，读博士学位、得高薪的工作、买房子、存钱投资，日子过得太好了。我们应该抱怨怎么你们婴儿潮世代把我们这一代人搞得这么惨。"

"怎么惨？"

"你看看这些房子，"我们刚好走在维也纳的市中心，周遭是一排一排奥匈帝国时代美丽古典又厚实的建筑，"我们这一代人很清楚一件事，就是，这辈子再怎么奋斗也买不起房子，核心区的房子也租不起了。除非是遗产，没有人会拥有自己的房子了。你想想看，这个世界怎么会公平呢？一出生，看你父母是谁，就已经决定了你的一辈子……"

气球

突然有歌声从公园的方向传来，穿过密密实实的白杨树林，我们就跟着歌声的牵引而走。

踏进公园，迎面而来竟是奥地利共产党的巨大旗帜。到处是标语：

让富人付出代价！

我有权要求生活无虞！

开放移民，不要开放资本！

再往前走就是嘉年华式的摊位区。"无政府主义者"的摊位旁边是卖啤酒和香肠的小车。一辆破脚踏车上挂着一件白T恤衫，通常在观光景点会看到上面印着切·格瓦拉的头像，这一件竟然印的是托洛茨基，观光客可认不得。

小孩儿嬉闹着溜滑梯；老头儿在长凳上打盹；女人围着古巴的摊位跳拉丁舞，抖动着身上一圈一圈的肉；大肚的男人在喝一杯一升的冒泡泡啤酒。但是，更多的人躺在草地上闭眼晒太阳。

女歌手抱着吉他唱歌，歌声沙哑慵懒。一个披头散发、裤子破洞的中年嬉皮忘我地赤脚跳舞。秋色树叶金属鳞片似的在风中翻转。一只断了线的气球突然蹿高飞起……

美君，你一辈子念念不忘美丽的新安江。我后来知道，真正让你念念不忘的，其实是自己失去了的青春情怀，青春情怀怎么可能说清楚呢？那就说一条江吧。

这些紧紧拥抱着各种"主义"的人，不见得知道自己真正怀想的是什么。断了线的气球，不知飘向何方，只知道，它永远回不来了。

草地上

我们躺在草地上，看着白杨树梢的叶子翻飞。女歌手抱着吉他幽幽唱着。

"你喜欢她的歌吗？"

"还好。"

"还好是什么意思？"

飞力普想了想，说："'还好'的意思就是——甜甜的，不讨厌，但是，听过就忘记了，它不会进入你的心里。就像超市里卖的红酒，没有人会真的讨厌，也喝得下去，但只是还好而已。"

"那你认为好的音乐，必须怎样？"

"有点刺，有点怪，有点令你惊奇，可能令你不安，总而言之不是咖啡加糖滑下喉咙。"

"我知道你的意思，诗人波德莱尔的说法是，美，一定得有'怪'的成分，不是作怪，而是创造一种不同寻常的陌生感。"

"妈，你听过涂鸦艺术家班克西吗？"他问。

"听过。"

"我喜欢他的风格。他是这么说的：Art should comfort the disturbed and disturb the comfortable。"

"嗯，精彩——艺术必须给不安的人带来安适，给安适的人带来不安……"

台上的乐团结束了演出，下一个乐团准备上场，跳舞的嬉皮躺在草地上睡着了。我问飞："你会想做艺术家吗？"

他摇头："一点也不想。"

"为何？"

"创作者会创作，都是因为心灵深处有一种黑暗，不平衡，痛苦，不能不吐出来，吐出来就是作品。没有痛苦就没有创作。我干吗要做艺术家？我宁可我的人生平衡、快乐。"

不要给

"不要，"飞说，"真的不要。"

我的手就停顿在口袋里，拿着一张钞票的手。

那个小男孩大概十岁大，站立在距离我们的露天餐桌五米之处。

欧洲的夏天，根本就是一场极尽挥霍的部落庆典，为了狂欢，火炬不灭。天蓝得没个尽头，太阳就像张灯结彩，拒不收摊，亮到晚上十点；当每个人的皮肤都吸饱了幸福能量，暮色才一层一层薄纱似的逐渐收拢。

就是在这暮色渐下的时候，我看见他，大大的眼睛长在黝黑的脸庞上，显然是个吉卜赛孩子。这巴黎左岸的古老石板街上，露天食肆灯火初上，孩子只是一个黑色的轮廓，站立街心，向每一个路过的幸福的人伸出手来，掌心向上。但是几乎没有人掏出钱来，天色越来越暗，我忍不住了。

"妈，同情心不能没有思辨的距离，"飞说，"没有知识的同情心反而会害了他。这些孩子背后一般都是犯罪组织，大人把这些孩子关起来，训练他们乞讨，讨到的钱回去上缴。德国警方做过追踪调查，你越是给钱，这些孩子的处境就越凄惨，越可怜。"

我看着儿子，二十六岁的年轻男子，真的是剑眉朗目，英气逼人，

可是母亲永远能在那棱角分明的脸庞上同时看见重叠的脸——婴儿肥的
粉色脸颊、幼儿的稚态笑容；时光是怎么走的，这怀里抱着的婴儿此刻
在正色教训着你？

牛仔裤

我想到我们在巴塞罗那的事。在闹市区经过一家有名的服饰店，正想
走进去，他一脸无可奈何的表情，说："你真的要在这种店买衣服吗？"

"这种店"是以"有设计感又便宜"作为宣传的国际连锁大品牌，
在香港和台北开店时，消费者是在外面疯狂排队等候、门一开就像暴民
一样冲进去的。哪里不对了？

"首先，"他说，"你要知道他们的所谓设计，很多是偷来的，抄
袭个人设计师的图样，做一点点改变，就拿来充当自己的品牌，个人设
计师很难跟他们打官司，因为很难证明他们抄袭。"

我说："我们先进去，然后你慢慢跟我说。"

店里人头攒动，生意红火。经过一圈满挂牛仔裤的架子，他说：
"你看，七点九九欧元一条牛仔裤。妈，你要想到'廉价'的幕后是什
么：生产一条洗白牛仔裤要用掉八千升的水、三公斤的化学物、四百Mj
的能量。还有，廉价到这个程度，你可以想象厂商给东莞工人的工资有
多低吗？"

我连Mj是什么都不知道。好，他跟我解释，Mj是一个热值单位，就

是mega joule。我拿出手机当场查找，得知中文叫作"兆焦耳"。什么叫兆焦耳？他耐心地说，一个焦耳是用一个牛顿力把一公斤物体移动一米所需要的能量。

我就不太好意思再问，什么叫"牛顿力"了。

我停下脚步，回头看他，说："你不进这种店买衣服？"

"我不，"他说，"凡是便宜得不合理的东西我都不买，因为不合理的便宜代表在你看不见的地方有人被剥削，我不认为我应该支持。"

我走出服饰店的样子，可能像一只刚刚被训斥的老狗，眼睛低垂看着自己弄脏的爪子。

我们没入流动的人潮里，远处教堂的钟声当当响起，惊起一群白鸽展翅。走了一段路之后，我停下来，说："飞，告诉我，难道，你在买任何一个东西之前，都先去了解这个东西的生产链履历，然后才决定买不买？"

"没那么道德啦，但是能做就尽量啊，"他轻快地说，"当然不可能每一件东西都去做功课，太累了，但是我觉得要让这个世界更合理、更公平，是每个人的义务啊。你不觉得吗？"

"飞，是你特别，还是你的朋友们也都这样？"

他点头："我的朋友大多会这么想。譬如说，昨天史蒂芬还聊到，他最近买了几张股票，是一个法国军火企业的股票，因为投资报酬率很不错。但是他觉得有点不安，说，这个企业有跟中东地区买卖军火，买它的股票等于间接资助了战争，是不是不太道德……"

在美丽的喷泉旁坐下来，咖啡送到时，我伸手拿糖，儿子用揶揄的眼神看着我，笑着说："真的要糖吗？"

我的手停格在半空中，然后带着革命精神说："要。"

多瑙河

多瑙河其实不是蓝色的。

晴空万里时，河面碎金闪烁，是奢华无度的流动黄金大展；白云卷动时，河水忽静忽动，光影穿梭，千万细纹在雕刻一种深到灵魂里去的透明。

我们母子并肩坐在芦苇摆荡的河岸，安静地看白杨树斑驳的黄叶飘落水面，看行云迅疾，流水无声。此刻他二十六岁，我六十四岁——他做了我当年该做未做的事。

此生唯一能給的，只有陪伴

而且就是當下。因為

人走、茶涼、緣滅，

生命從不等候。

木 头 书 包

安东尼坠机在利比亚沙漠的时候，十岁的中国女孩应美君正在跟父母谈判：哥哥功课不好不是我的错。如果我自己挣学费，你们让不让我去上学？

抽着水烟的地主父亲饶有兴味地看着这强悍的小女孩，笑说："好啊。"

美君就到佃农的花生田里去挖花生，放在篮子里到市场叫卖。花生其实卖不了几毛钱，但是大人让步了，而且母亲还特别请街上的老木匠为美君做了一个木头书包。

美君二十四岁那年离开了家乡，从此关山难越，死生契阔。她不知道，为了建水坝，家乡古城没入水底，三十万人迁徙，美君的母亲从此颠沛流离，尘埃中辗转千里。

二〇〇七年，我追美君的亲人追到了江西婺源，表哥突然把一个木头盒子交到我手上，说："这是你妈妈的书包……"

历史的忧愁仿佛湖中水草，在天光水影的交错中隐隐回荡。

美君的母亲，在女儿离开后，一辈子紧紧抱着这个木头书包，发配边疆，跋山涉水，堕入赤贫，但是到死都守着这个木头书包。

我很慢很慢地打开，里面竟然有两行蓝色钢笔字：

此箱请客勿要开　应美君自由开启

蓝墨水清晰如昨日未干的眼泪。

1928——

县 长

有一年，街上县长候选人的宣传车聒噪经过，美君不屑地说："吵死人！你晓不晓得，以前县长是用考试的。"

我吃一惊："你怎么知道？"

她知道，因为老家的淳安中学就是一九二八年考试第一名的人来做了淳安县县长后创办的。

美君三岁那年，北伐战争结束，要施行训政，依据孙中山的《建国大纲》，必须经过公平的考试来选拔人才。

我找出了一九二八年浙江省县长考试的试卷，十个科目，连考五天。试题包括中国革命史、地方经济及民生社会问题、警政和民法刑法、农村建设政策、浙江本土地理历史。国际政治更是无所不包，从苏俄的经济现况到欧洲的税制、国债及货币趋势等等。譬如：

1. 国家经营事业，开始计划时，须根据何种原则，试列举讲明之。

2. 我国主张沿海岸应设三个头等港，试略述其位置及其与国内国外之关系。

县长还得处理刑罚，所以其中还有即席判案题：

有甲乙两人，因与己庚有仇，邀约丙丁戊三人，持械同往杀害。戊中途畏惧不行，及至己家，己适外出，甲乙将其妻女殴伤，丙丁阻止无效。旋至庚家，庚被杀伤未死。嗣经警察追捕，丙丁逃逸，甲乙抗拒警察，情急用枪，将乙击毙，甲就获。丙丁越日自首，戊亦被警察案究。应如何分别论断？试拟判词。

美君斜眼看我说："你考得上吗？"

浙江省縣長考試試場之一

哥 哥 捉 蝶 我 采 花

父亲过世，在整理遗物时，发现一个本子，竟然是美君的回忆录。一直鼓励美君写自己的人生，没想到她真的写了，只是藏在没人看见的地方。

她这一代人，习惯于自我贬抑，很多长辈都说："我那么平凡，没人会对我的人生感兴趣的……"

"九一八"后日军闪电占领沈阳，美君记得，六岁的自己在山上采花。

民国二十年九月二十日

今天去远足。我与父亲母亲两个哥哥一起往河边出发，河边有一条渡船，河里有很多大小鱼儿游来游去，清澈见底。水底有很多水草随着流水摇动……

我们走路走了五六华里，望去都是山，到了山顶一看，满山红红绿绿的花，还有飞来飞去的蝴蝶。爸爸说红红绿绿的是杜鹃花，飞来飞去的是蝴蝶，我们站的地方叫作山。

我没心去听爸爸的话，哥哥捉蝶我采花……

望國民鎮靜以救國難！

日軍於昨晨突占領瀋陽

同時占領長春營口安東

瀋陽損失重大長春死傷眾多

我軍全未抵抗中央已提抗議

臨時中常會議決對粵資激和平

本報記者
謁張談話

中常會昨
晚會臨時會

外部已提
緊急抗議

冤哉國家
酷哉破…

99

轿 夫 的 妈

美君回忆录:

民国卅一年中国与日本战争时期,日本飞机天天来轰炸中国城市。我们防空设备太差,没有反击力量,只有挨打,警报一响,拼命逃命。

有一天来轰炸淳安城,我和家人很快挤进防空洞,后来又来了一位五十多岁的女人,因为她是小脚走得很慢,防空洞里人已满,她人老脚小,无力挤进洞内,只有站在洞口的份。哪知炸片无眼,正打在老妇人屁股上,忽听大叫一声就晕过去了,吓得洞里的人沉默无声,面如土色。很久等飞机去远才出来看那位老妇人,见她满身血肉模糊,炸了半个屁股。

老妇醒来叫声凄惨,听了使人痛入肺腑。老妇人的儿子是做轿夫为生,又穷又苦,没有钱住医院,就是有,小城市也没有好医院。又是夏天,第二天就发臭,邻居同情她,亲人安慰她,可是没有人能代痛苦。

在家臭气冲天,人人都受不了,只好抬外面架一草房,给她住了七八天,才死。

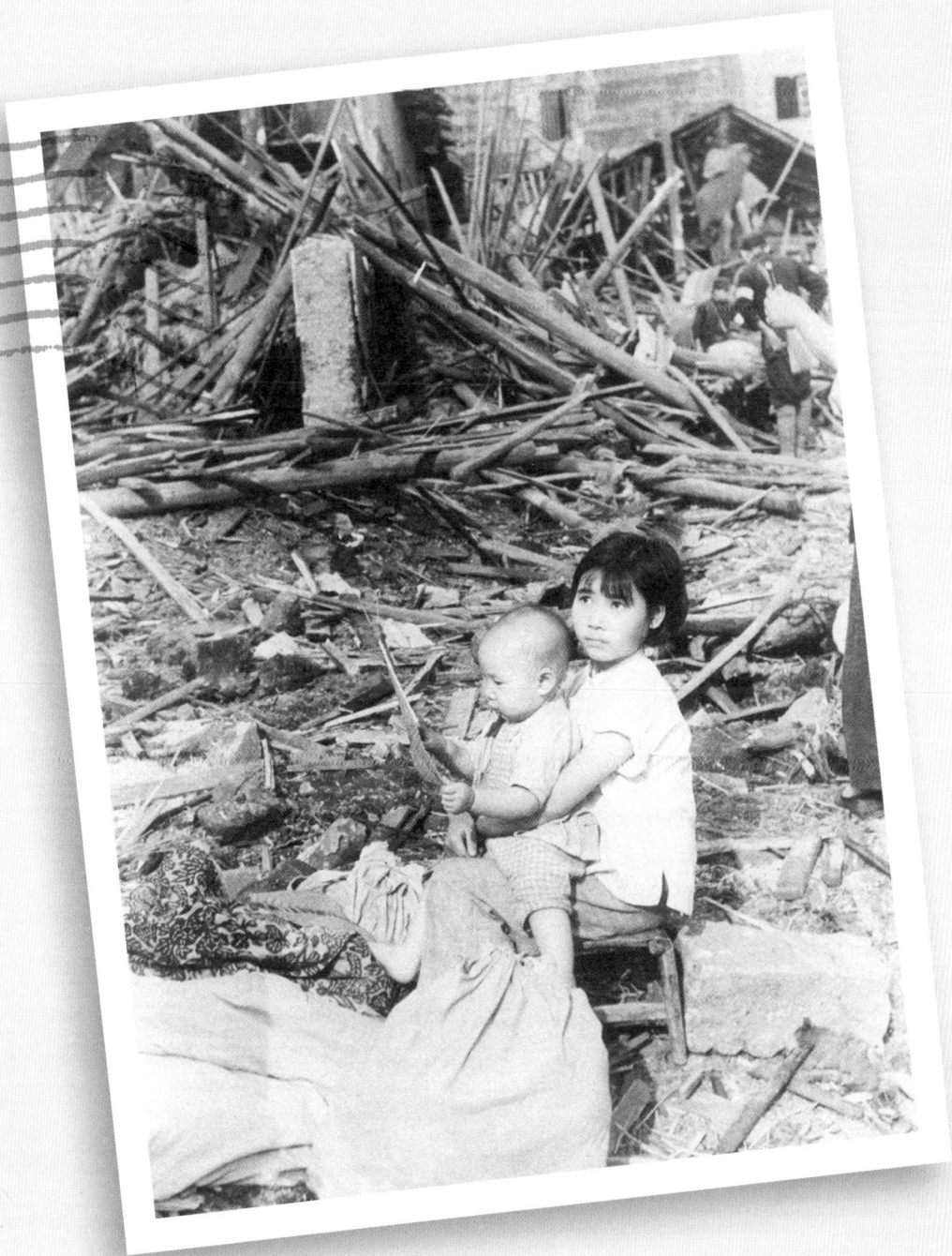

1942—

一 个 包 袱

美君回忆录：

有一天我在大街上看见一年轻女子抱着一个包袱在大街上跑来跑去，口叫着我的儿子我的儿子啊，你为什么不叫我妈妈啊……叫妈妈……叫妈妈……

白天黑夜声声凄凉，入耳惊心。我好奇去问别人她为什么变成这样，他们告诉我，是前天，日本人的飞机来轰炸时把她儿子炸死了。

她抱着儿子不肯埋掉，她丈夫没有办法，只好把儿子的衣服做一个包袱让她抱着……

日记的空白处，美君手录了一首诗，是王粲的"七哀诗"之一。我从来，从来不知道美君读诗。

路有饥妇人，抱子弃草间。

顾闻号泣声，挥涕独不还。

未知身死处，何能两相完？

一九四二年美君才十七岁。她绝对没有想到短短几年之后，她自己会变成那个"挥涕独不还"的女人。

有幾婦人 炮子東掌間 顧聞號泣聲 揮淚獨不還

未知身死處 何能兩相別

傳票號數	摘要	日	頁	借方	貸方	借貸	餘額

來、我店裡坐，他說在你的店不方便，我送你回家吧，我說不必，我自己會回家，他送我出門看見郵都沒了，沒來接我了，看我沒有帶用，大家都走了車等我時實際我也恐懼因為那時年紀不好又去教訓地邊實在走路之權，事都對答一號，說他有錯才免甲獄又此事經誰說起來可是給我教訓切記切記聞事莫管閒話莫送，做人之道

国 民 香

在手帕里滴上几滴给她擦汗。

在水盆里滴上几滴给她泡脚。

在枕头上滴上几滴让她入睡。

在自己的手掌心里滴上几滴，轻轻抹在她灰白的发丝上。

一样的修长绿瓶子，只是现在用的人倒过来了。小时候，是青春苗条的她，在我们粗糙的铝制澡盆里、在卫生课要检查的方块手帕上、在体育课要穿的袜子里滴上几滴，然后让我们背着书包走出门。

明星花露水在一九〇七年发明，一缕清香流入市井。从贵妇人的梳妆台到洗衣婆挂在陋巷竹竿上的大花被单，花露水是国民待遇。

战争造成国家分裂后，香气渡海到台湾来开枝散叶，它既是美君的儿时记忆，也是我的儿时缭绕。

这个芬芳小瓶，不介意进入穷人四壁荒芜的家。

淡淡的香气，摸不着、看不见，但是温柔地浮沉在穷人凄清的梦里，让白天被剥夺了尊严的人在夜晚敢去想象花瓣的金丝绒色彩。

电火白灿灿

美君后来在台湾南部的渔村有了一个同年闺蜜，秀娟，新竹人。两个人穿着七分长的粗布裤，光着脚，手里拿着梭，坐在地上编织尼龙线渔网。

美君用浙江话拌刚学的闽南语，秀娟用客家话拌闽南语，两人聊小时候得意的事。美君会说她十岁"光荣革命"争取求学的事迹，秀娟就絮絮叨叨谈一九三五年阿公带她坐火车从乡下到台北去看台湾博览会的奇幻之旅，说："电火白灿灿，眼睛都打不开。"

事实上，福建省主席陈仪在一九三四年底就曾经率了大批官员去考察日本殖民统治下的台湾。他看见的是：

台湾总面积约为三万六千平方公里。其中耕地约四分之一，林野占四分之三。人口总数为四百九十余万。男较女略多。其中日本内地人来台者占百分之五。台湾本地人占百分之九十。番人占百分之四。华侨占百分之一弱……

台湾之幅员只为福建四分之一强，其发达之区为五州之西部，面积不及吾闽兴泉漳三属各县之大，气候相若，土壤相似，而其生产能力竟超吾闽六倍以上，只米糖二项，一年所产值价日金二万五千万圆，足抵吾闽全省三年生产而有余……

永远的女生

脸上的皱纹都是她的，身上的关节都个是她的。

可是她眼睛里的光芒、声音里的力量，

永远是她自己的，独一无二。

你记得安琪拉吗？

八十五岁的安琪拉来信说她病了，我专程飞到德国去看她。人生历练告诉我：超过八十岁的"闺蜜"生病了，必须排除万难在第一时间探看。

从台北直飞法兰克福十二个小时，从法兰克福转火车沿着莱茵河北走两小时，波昂站下车，再加十五分钟出租车车程，到了她家门口。远远就看见她的花园，她银白发亮的头发在一排紫丁香花丛的后面。听见我的车门声，她直起身，看向安静的街道，然后笑吟吟地向我走过来，怀中是刚采下的大朵绣球花，如孩子的粉脸，一派阳光灿烂。

我说："原来你好好的，那我可以走了。"我作势要回转，她抱着花大笑着走过来，我才发现，她一拐一拐地走，走得很慢，很慢。

我们就坐在那花园里，在北国的蓝银色天空下，看着美满得不真实的绣球花，有一搭没一搭说了两天两夜的话。

风霜

人和人真的很神奇。有些人，才见一面就不想再见；有些人，不论你怎么努力，都不可能成为朋友；有些人，即使在同一个屋檐下日日相见，也不见得在晚餐后还有话可说——晚餐嘛，还有食物的咀嚼和杯盘的叮当声响可以掩饰空白，晚餐后，那空白的安静大声到让人耳鼓发麻，你无可逃遁。

有些人，却是从第一个照面就知道，他是。

安琪拉大我二十岁。我们在纽约机场等候接驳车的空当聊了一下。那时的她才五十多岁，短短的鬈发，两颊还有一点婴儿肥的可爱感。二十年后，第一次在荧幕上看见总理默克尔，我失声说："这不就是安琪拉吗？"

安琪拉坚持要为我泡茶、切蛋糕、洗葡萄。每一个动作，其实都很艰难。她拉开橱柜取出果酱，说："此身一半不是我的了。膝关节、髋骨……"

"膝关节……那就不能骑单车了？"

她对我眨眨眼，笑了："那也成过去了。"

安琪拉的儿子站在一旁，不知道我们在说什么。

我记得上一次站在这厨房里，是安琪拉先生过世后五年，安琪拉六十五岁的时候。我说："安琪拉，找个人去爱吧？"

她说："男人多半笨。老年丧偶的尤其无聊，只会坐在家里看电视，而且是看球赛，喝啤酒。"

安琪拉是一个爱看戏剧、爱读小说、爱打抱不平、爱大自然、爱运动、爱社会正义、爱流浪狗、到老都天真热情的女人，要怎样去找到兴趣广泛、生趣盎然、不瘫在沙发里看球赛喝啤酒的进步老男生呢？

那次厨房会议的决议就是：到《时代周报》去刊登一则广告。德国《时代周报》是一个知识精英的报纸，以思想品位自诩，有整页的交友广告，广告里的女人多半宣称热爱莎士比亚，男人多半强调会背诵歌德。

安琪拉真的依照我们的厨房决议去登了一则广告：

六十五岁女生，兴趣：看戏、读书、运动、大自然。

政治倾向：厌恶右，但绝非左。

外貌：腿力很好。

征求兴趣相近的男生从德国波昂骑单车到波兰华沙。

共九百七十六公里。

很多人来应征，安琪拉最后挑了一个大概是"腿力最好"的男人，阿芒。两个人清风明月、两鬓风霜，骑单车共度了一个月。

花园外就是麦田，麦子熟了，整片田像一个方形的大盘，托着沉甸甸、满盈盈的柔软黄金，阳光刷亮了麦穗如花的芒刺。

我们在天竺葵旁边坐下来。儿子已经识相地走开，让我们女生单独说话。

"阿芒呢？"我问。

安琪拉把拐杖小心地靠在门边，拿了一条毛毯盖在自己膝头，说："两个月前走了。"

"走了？"

"突然的，三更半夜。他固定每周三来我这里，那个周三他没出现，半个月后我才知道。"

我想象事情可能的发生顺序。阿芒是有家室的，他和安琪拉之间长达二十年的情分，是一个人世间的秘密。他的突然离世，没有人会去通知安琪拉。所以，安琪拉经历的是什么？等待，失望，不安，焦灼，直到发现阿芒爽约的原因，非但无法执子之手温柔告别，连告别式远处的驻停凝眸都不可能……

全家福

我要安琪拉跟我细谈她在波兰度过的童年。

"你知道我是在波兰罗兹长大的？"

"罗兹？"我从躺椅上一下子坐了起来，"罗兹就是你的故乡？"

十八世纪末强大的普鲁士收编了部分波兰国土，包含罗兹，紧接着鼓励大批德国人到那里定居。安琪拉家族几代人就在罗兹生根。一九三九年希特勒的军队入侵波兰，罗兹变成一个关系特别紧张的地方——占领者德国人声色凌厉，波兰人忐忑不可终日，犹太人沉默地等着大难临头，而像安琪拉这样在波兰已经好多代的德国人——"外省人"，尴尬地夹在中间。

"有一天大概清晨四五点钟，突然很吵，"安琪拉说，"我爸硬把我从床上拖起来，让我趴到窗口，不开灯。"

隔壁邻居是犹太人。十岁的安琪拉目睹的是，荷枪的德国士兵闯入犹太人的屋子，驱赶还在熟睡中的一家老小，喝令他们立刻出去。安琪拉一家人眼睁睁看着隔壁邻居家住在三楼的老奶奶，可能因为下楼的动作太慢，被士兵直接从三楼窗口抛出来。

安琪拉在爸爸的怀里，趴在窗口，全身发抖，爸爸在黑暗中说："孩子，你听好：我要你亲眼看见我们德国人做的事，你一生一世不能忘记。"

被抄家出门、失魂落魄站在马路上的犹太人到哪里去了呢？

安琪拉说，罗兹有一个用高墙围起来的区，看不见里面，但是每次她经过，心里都充满恐惧。她模糊地知道，凡是进了这里的人，都不会活着出来。全城的犹太人，都进去了。

安琪拉的家是个照相馆，爸爸是摄影师。德军进驻罗兹之后，照相馆的生意突然爆红。村子里的人每天在门口排着长龙，等候拍全家福。

"因为，"安琪拉说，"本地人觉得时局不好，很不安；犹太人当然更觉得是世界末日，恐怕马上要生离死别，而村子里讲德语的人则担忧自己的儿子恐怕很快会被德军征召当兵，所以大家都赶着来拍全家福……"

有一天，外面排着的长龙里似乎起了争执，突然人声嘈杂，安琪拉的父亲停止拍照，出门去看。原来是队伍里的几个讲德语的本地人认为波兰人现在没有资格排到前面，要他们排到队伍后面去。安琪拉看见摄影师爸爸对着这些讲德语的同胞非常愤怒、非常大声地挥手说：

> 如果要在我这里拍照，就请排队。如果不愿意排队，可以，就请你们到别家去，我这里恕不奉陪。

大家就安静了下来。

好样的

傍晚，安琪拉拄着拐杖和我走到村子尽头一片草原上采集野生的洋甘菊，她是个大自然的信徒。早餐配的就是采回来的洋甘菊。喝茶的时候，我八十五岁的闺蜜说："应台，战后很多德国人说他们当时不知道有集中营这回事。我想说的是，如果十岁的我都知道罗兹有个杀人的地方，你大人敢说不知道？也不要跟我说，国家机器太大，个人太小，无能为力。我父亲就用他最个人、最微小的方式告诉十岁的我说，个人，可以不同。个人，就是有责任的！"

我看着她。八十五岁的安琪拉，脸上的皱纹都是她的，身上的关节都不是她的。可是她眼睛里的光芒、声音里的力量，永远是她自己的，独一无二。

在安琪拉的身上，我也看见你，美君。日前在整理旧物时，翻到你回忆录的这一页，说的应该是一九四三年，你十八岁：

>……兵荒马乱，大家都怕兵。一个宪兵队驻在淳安城里。有一天，我家隔壁不知道闹什么事，几乎要打架，很多邻居看热闹。这时宪兵来了，不管三七二十一，把当事人和一二十个一旁看的人全都抓走了，关起来，一关就是三天，而且不许家属探访。小老百姓不懂法律，害怕家人是不是会被宪兵枪毙，吓得半死，来找我，我才十八岁。他们说，大小姐，这街坊只有你会讲国语，求求你去宪兵队沟通吧。
>
>我也很怕，但是怎么办呢？
>
>最后还是下了决心，我一个人走到了宪兵队，抱了一大包热烧饼。
>
>见我的是位中尉排长。我说，我是来看我的邻居们的。

他说，上面不准见。我说，他们犯了什么罪，这么严重。我受邻居之托，要求不大，只想看到他们是死是活。

他考虑了很久，最后说，好，可是你带来的东西不能带进去。我说，好，不给他们吃，只是给他们看，表示我的人情到。

排长勉强点头。

我走到犯人间，他们一看见我就同声哭叫：大小姐救救我们，我们已经三天没吃饭了，快饿死了。

我毫不考虑，当下就把烧饼用力丢进铁窗里，乡亲抢着吃光了。

守门的宪兵报告排长说我不守信用。我很生气，对排长说："这世界上哪里有饿罪？就是犯了死罪，也要给犯人吃饱才枪毙。我是可以告你们违法的。"

排长看看我，不回话。

第二天上午，所有的犯人都放回家了。

十八岁的女生应美君，好样的。

我爱给你看

女朋友们都白头了，在槐花的香气下喝咖啡，

谁说了一个有点不正经的笑话，

她们像热爱愚蠢的高中女生一样咯咯狂笑。

去年在伦敦看了奥基夫的特展。她画的花朵，花瓣柔润肥美，皱褶幽微细腻，不画出露水也觉得那花湿漉漉的。看画的人多半会脸红心跳又故作无事地联想到女人最深藏最私密的身体凹处，只是画家自己坚决否认她的画里藏着女性器官的细描。伦敦大展的策展人也不断说，看她的画就想到性，是太窄化她、委屈她了。为什么男性画家的作品可以从人生哲理到社会现实多层次地挖掘、解读，女性画家的作品就只看见一个层面？

跟两个成年的儿子一起站在明亮的大厅里抬头看展画，低头翻画册；猩红的罂粟花看起来饥渴如血，美人蕉像燃烧的冲动，蜀葵和飞燕草用浓得化不开的蓝紫，仿佛放纵前忍不住的肿胀，连雪白的海芋花都显得肌感弹透。

我问："你们说呢？"安德烈对我俏皮地眨眨眼，飞力普矜持地说："我不是植物迷。"

我倒是很愿意挂一张奥基夫的丝瓜花在厨房，一张新墨西哥的大土地在书房。卧房里挂她的海芋吧，没有红罂粟那么邪艳，一点淡淡的柔媚，当风吹起白色的薄纱窗帘，浅浅的晨光照进来，有点薄荷的气息。

但是我突然想到你和父亲的卧房，床头墙壁上挂的是一列组画，四帧刺绣的梅兰竹菊。嘿，你们这代人，怎么搞的，卧房里还挂四君子？你们在卧房里也规规矩矩不放肆吗？

判决

男人，不管哪一代，都是懂放肆的。我记得有一次，你打麻将回来之后怒气冲冲将卧房门"哐"关上，把父亲锁在门外。我问父亲"喂，她怎么啦"，八十多岁的人像做错事的小孩，扭扭捏捏不肯说。在我逼供之下，他嘟着嘴委屈地回答："只是捏了一下章鱼太太的脚，开玩笑嘛，她就生气了……只是捏一下脚，又没做什么，生这么大气。"

我大笑。章鱼太太？天哪，爸你太没品位了吧，她是真的长得像章鱼头……

原来八十岁的强悍的美君，也会嫉妒。

可是我才是那没脑没心的人。八十岁的女人就失去嫉妒能力了吗？八十岁的女人就没有白日的爱恨情仇、午夜的辗转难眠了吗？欧洲人权法院在二〇一七年七月做了一个判决来回答这个问题。

葡萄牙有个官司。一个生了两个孩子的五十岁女人控告一家诊所，理由是，因为手术的失误，使得她无法有正常的性生活，造成了她的损失，要求赔偿。

葡萄牙最高法院判决认定诊所确实有医疗过失，必须赔偿，可是呢，法官话锋一转，说，对五十岁以上的女性来说，性生活本来就不那么重要了，不算真的损失，因此把赔偿金的数字减了三分之一。

两个孩子的妈一怒之下告上了欧洲人权法院。欧洲法院的判决书认为，葡萄牙法官"无视性对于女性的自我实践有肉体上和精神上的双重重要性"，非但犯了女性歧视，还犯了老年歧视。欧洲法院进一步提出葡萄牙曾经有过的判例，当男性提出类似诉讼的时候，不管年龄为何，都是胜诉的，显然葡萄牙法官认为性对"老男人"有意义但是对"老女人"没有意义。

亲爱的美君，欧院判决的意思用白话文来说就是：谁说SEX对五十岁以上的女人不重要？站出来！

老姐妹

你记得我的法国朋友马丁教授吗？他的妈妈玛丽亚，八十二岁还一个人驾着帆船在巴黎的湖上游荡。玛丽亚的第二任丈夫，九十二岁了，从六十多岁退休之后就不再动，每天坐在电视机前面，像一个一百公斤重的米袋沉入软沙发，电视开了就不再站起来，一直到晚上。玛丽亚就一个人学德语，一个人上菜场，一个人去听歌剧，一个人去看画展，一个人去作家的演讲签名会。

她也常常约了同年龄的女朋友们到露天咖啡座聊天——她的女朋友们多半也有个丈夫像一袋米沉在软沙发里过日子。女人们坐在人行道上的露天咖啡座，成排的槐树飘起白色小碎花，随风落进咖啡杯里，她们笑着用小汤匙轻轻把花屑捞起来。挺着大肚子像银行总裁的鸽子们在座椅间走来走去啄地上的面包屑，各色各样的年轻人搂着笑着跳着走过人行道。

女朋友们都白头了，在槐花的香气下喝咖啡，谁说了一个有点不正经的笑话，她们像热爱愚蠢的高中女生一样咯咯狂笑。

在欧洲总是看见白发的、年轻极了的老女人无所不在，而且都在开敞的公共场所：咖啡座、酒馆、公园、餐厅、露天的音乐会、露天的艺术市集、花园喷水池旁的啤酒馆……你看见她们在人来人往的群众里喝咖啡聊天，看见她们拿本书一个人坐在角落里喝苹果酒，看见她们牵着一条腊肠狗在公园里散步，看见她们排队正要踏进歌剧院，看见她们牵着脚踏车到了河堤，把车子搁好，在草地上躺下来准备晒太阳……

六十岁、七十岁、八十岁、九十岁的女人，很健康、很愉快、很独立地在阳光下的公共空间里走着、笑着、热闹着、沉静着，生活着。不是在外的喧哗旅行，是寻常的家居生活。

一回到台湾，反差太大了。在咖啡馆、酒馆、露天音乐会、艺术市集、电影院、啤酒馆里，都是满脸胶原蛋白的年轻人。请问，台湾的头发白了但是年轻极了的老姐妹们，每天去了哪里？在客厅陪米袋看电视？在厨房为孙子做早餐？在佛堂里为祖先焚香念经？在黑黑的美术馆角落里当志工？在关起门来的读书会里？在麻将桌上？

也都很好。但是，在大庭广众下，带着自己脸上的皱纹和借来的膝关节，放松地、自信地、舒坦地散步，享受清风阳光和一堆女朋友，也是一个选项，不是吗？

在台湾的咖啡馆里，一个人坐下，四周满座都是喧嚣开心的年轻人，我觉得自己走错了地方；在欧洲的咖啡馆里，却发现很多白发红颜的老姐妹自在闲散地坐在那里，或独处，或群聚，和四周的年轻人自然和谐地成为一道风景，那感觉真好。

私奔

还是回到马丁的妈妈玛丽亚吧。她的米袋丈夫有一天摔了一跤——即使只是从卧房走到电视机，你还是会摔跤的。玛丽亚把帆船锁了，每天到医院看丈夫。丈夫的一条腿密密地包扎着，像猪肉店里的肉一样高高挂起。两个人已经三十年没怎么说话了，现在当然更没话说。但是玛丽亚认识了到隔壁探病的玫瑰。刚退休的图书馆员玫瑰，短发，短腿，体态丰满，走起路来像个皮球一样蹦蹦弹跳——这是马丁说的。她每隔几天就来看正准备换膝盖的七十多岁的老哥哥。

你又要睡着了吗，美君？来，给你擦点绿油精，清凉一下，你就会精神过来。秋天到了，阳台有微风，我们坐到阳台上去吧。

我问马丁："后来呢？"

马丁说："我妈跟玫瑰走了。"

"什么意思，走了？"

马丁说："她跟玫瑰爱上了，就决定搬到一起同居去了。"

"你妈之前知道她爱女生吗？"

"不知道。是新发现。"

"那……你那个九十二岁腿挂在半空中的继父呢？"

"他很快就死了。"马丁说。

玛丽亚爱上了玫瑰，两个人开始过公主和公主的日子。她们周末一起去湖上驾帆船，到森林里露营；她们早上在公园喝爱尔兰咖啡，下午看展览，晚上去听作家朗诵；每个礼拜天穿着登山鞋、打绑腿、携单支登山杖去健行，从森林这一头进，森林那一头出，出口处就是一家咖啡馆，她们在那里点黑森林蛋糕，配黑咖啡，有时候野鹿会从草木里探出头来。

我不知道玛丽亚和玫瑰会不会做爱。但是我知道，她们和葡萄牙那个"不甘受辱"的女人一样，用行动告诉这个歧视女人、歧视老人、双重歧视老女人的世界：

别告诉我谁有资格爱，我爱给你看。我老，我美，我能爱。

如果二十年前我们能这样谈话，美君，我会建议你把四君子图撤下，换上一张奥基夫的美人蕉。而且，二十年前你才七十三岁，我一定买黑色的蕾丝内衣给你穿。现在，我只能跟你说，来，让我给你的脚擦点乳液吧。

借爱勒索

每次隔墙的暴力声音响起的时候，

你都坐在缝衣机前一直皱着眉头叹气。

　　有一个童年的人，我忘不掉。你记得我们警察宿舍隔壁家的刘叔叔吗？

　　我们都喜欢他。浓眉大眼的他，穿着警察制服，英挺帅气，一见到我们就说笑话，笑到孩子们个个在地上打滚，爬起来就团团抓着他，不让他回去上班。

隔墙

　　可是，隔着一堵墙，在一个只听得见声音的荒诞空间里，这个可爱的人却变成一个让人发抖的魔鬼。

　　一个四十岁的男人抢起棍子没头没脑地打一个十一、二岁的孩子，孩子抱着头边号哭边躲；门锁上了，他无处可逃。

　　若是发生在大街上，路人一定会冲上来救孩子，把施暴者揪送派出所。可是，这发生在家里，在墙内，听见号哭声的邻居，认为这是父母在尽自己的责任。

我和他总是一起从学校走路回家，他先进他的家门，然后我进我的家门。我的白衣黑裙还没脱掉，就隔墙听见他的惊恐惨叫。我在墙的这一边，往往揪着心，无法动弹。

后来渐渐长大了，男孩变成一个自尊心倔强的少年，挨打时只听见刘叔叔的暴怒声和东西撞击的破碎声。我知道他一定噙着眼泪，但是死命咬牙，不让人听见他的声音。第二天就会看见他脸上的大块淤青。

他成绩不好，常常溜到租书摊子上看漫画——没有电视的时代，一整排孩子蹲在街头墙角看漫画。刘叔叔刚好路过，暴冲过去，掐住脖子把他拎回家，像拎一只鸡。回到家，也像处理鸡一样，做父亲的用警察的手铐把他的脚铐在厨房的桌脚上，命令他读书，读学校要考试的正经书。

晚上，那是一堵恐怖的墙。白天，他身上的伤让我心碎。每次暴怒和撞击声起，我就恨不得你和父亲会冲过去敲门，去拯救他。可是你们不动，你们说："刘叔叔还是爱孩子的。"

可是，我觉得你言不由衷。每次隔墙的暴力声音响起的时候，你都坐在缝衣机前一直皱着眉头叹气。

后来，有一次在乒乓球间听见刘叔叔说笑话。说完笑话，他让一个大个子中学生跟他面对面站立，然后要中学生用全身力气打他耳光。中学生起先不敢，被催促几次之后，怯怯地挥出手。刘叔叔示范回击，打了中学生一个响亮得吓人的耳光，那耳光，像玻璃被石头打破的尖锐，孩子们惊呆了。刘叔叔趁机教育说，日本人练兵都是这么练的。相互打，打得越凶，越有勇气。人格跟体格一样，就是这么练出来的。

父子

几十年之后，没想到竟然在台南街头碰见他。少年已经长成白头，还有点驼背。他扶着一个老人慢慢走着。老人步履细碎，小步小步地磨着地面走，是中风病人的状态。

他认出我来，我们就在路上说话。他从邮局的工作退休了，两个儿子都在国外，他和老婆两个人过日子，最近把爸爸接到家里来住。说话时，他一直紧紧牵着他父亲的手，时不时从裤袋里掏出手帕擦父亲嘴角流下来的口涎。

风吹过来，一阵碎碎的凤凰花瓣撒了我们一身。

唉，很多结局不是这样的，美君。我跟你说瑞典大导演伯格曼的故事吧。

伯格曼有一天在剧院工作时接到他母亲的电话，说他父亲在医院诊断出恶性肿瘤，快死了，母亲希望儿子到医院去探视。伯格曼一口回绝说："我没时间，就是有时间也不会去。我跟他没话好谈，也根本不在乎他，何况，他临终时见到我，恐怕也觉得不爽。"

母亲在电话里哭了起来。伯格曼说："不要跟我感情勒索，哭没用的。不去就是不去。"说完就挂了电话。

当天晚上，母亲就在大雪纷飞中亲自赶到了剧院，一进来就当众给了大导演一个巴掌。伯格曼对母亲道歉，然后母子俩说了一整夜的话。

四天之后，猝逝的竟然是他的母亲。伯格曼到医院去见了父亲，但只是去传达母亲的死讯，说完就走。

这样痛苦的、折磨的亲子关系，不会没有来由吧？

折断

伯格曼就是个在惩罚中长大的小孩。他父亲是个牧师，用最严厉的规范管教子女，而且依循宗教的仪式。孩子犯错后，第一要求他忏悔，第二进行当众惩罚，最后由父王赐予宽恕。譬如说，小男生伯格曼尿了床，大人就给他穿上一条红色的小短裙，让他穿一整天来做罪行示众。如果孩子们打架，大家就被召集到父亲书房里，先进行审讯，然后一个一个发表悔过，最后拿出鸡毛掸子行刑——每个人自己说自己应该被抽打几下。

"刑度"确认了之后，女佣把一块小褥子摊开在地，孩子必须自动扒下裤子，趴到褥子上，这时有人会按住你的头颈，然后施刑。抽打是认真的，孩子被打得皮开肉绽，撕裂的皮和糊糊的血肉黏在一起。下一步，不管你怎么痛怎么哭，你得前去亲吻父亲的手，由他来宣告你被宽恕了，除罪了，你才得救。带着糜烂流血的伤口回到卧房，不准吃晚餐，那是惩罚的一部分。但是，伯格曼说，这些全部加起来都比不上这一整天的当众羞辱来得痛苦。

　　伯格曼幼时最恐惧的惩罚，是被关进一个黑暗的橱子里去；那个橱子里，大人恐吓他说，养着一个专门吃小孩脚指头的怪物。犯了错的小伯格曼被关进去，死命抓着里头的吊杆，勾起脚，整夜不敢放手，就怕脚指头被怪物吃掉。

　　孩子面对暴力和恐惧，本能地寻找活下去的办法。伯格曼的哥哥个性强，试图反抗，做父亲的就用更强大的意志力"折断"他。伯格曼的妹妹则变成一个彻底乖顺、服从的人，而伯格曼自己，他说，他很小就决定做个"大说谎家"，以蒙骗和伪装来保护自己。

　　他到父亲临终都拒绝和解。这么比较起来，刘叔叔是幸运的。但是，和我一起上下学的那个少年呢？他是不是早就被"折断"了？

防空洞

　　再跟你说卡夫卡的故事。你记得吗？我少女时代，读的是卡夫卡的《变形记》。小说里，人，一觉醒来发现自己变成一条虫，读来惊悚无比。很多年之后，把卡夫卡《给父亲的一封信》和小说《变形记》并着重读，才知道，啊，原来《变形记》里完全失能的一条虫就是卡夫卡面对父亲"暴力统治"的精神状态。

　　小男孩卡夫卡有一晚一直闹着要喝水，不见得是真的口渴，而是希望引起大人关注。呵斥几次不停之后，父亲冲进房里，把孩子猛力从床上抓起来，丢到阳台，把门反锁；穿着睡衣的小男孩就整夜被丢弃在外面。

从此以后卡夫卡就彻底"乖"了。长大后的卡夫卡变成一个不开口的人。小时候，回到家，只要提到在外面任何一件让他有点开心的事，父亲就会用极尽嘲讽的音调说："哼，这也值得说吗？"他不敢流露喜悦，因为会被戏弄；他不敢提及委屈，因为会被斥责。他只要一开口，就会被父亲当众羞辱，他先失去开口的勇气，最后失去说话的能力。《变形记》里的他，是逐步失去人的能力的。

卡夫卡一辈子活在"我一文不值"的自我蔑视中。他给父亲的信里说：

> 我的世界分成三块：一块是我身为奴隶，活在一堆永远无法达成的命令之下。一块是不断对我下命令而且永远在批评我的父亲。第三块就是全世界那自由快乐的人……我永远生活在耻辱之中。遵从你的命令是耻辱，因为你的命令是针对我一个人设置的。反抗你的命令更是耻辱，因为我怎么可以反抗你？如果我遵从命令而做不到，那就是因为我不及你的体力、你的胃口、你的技术，而这就是耻辱中的耻辱了。

卡夫卡想象自己摊开一张世界大地图，父亲的身体就横跨在地图上，只有父亲身体覆盖不到的地方，才是他可以呼吸的地方，但是父亲占据了整张地图。

写作其实是逃亡。卡夫卡的父亲痛恨儿子的写作，因为那是一个他自己陌生的领域，在掌控之外，但卡夫卡心里却暗喜，因为正是父亲的痛恨证实了他自己独立的存在——写作是他的防空洞。

美君，读卡夫卡给父亲的信，我不断想起刘叔叔和他的儿子。

借爱

张爱玲被自己的父亲暴打时，已经是一个快要二十岁的大人了。用今天的眼光看，根本就是一种刑事伤害罪，但那既不是张爱玲的第一次，也不是稀有的家庭现象。你看她怎么描述：

> 我父亲趿着拖鞋，啪达啪达冲下楼来，揪住我，拳足交加，吼道："你还打人！你打人我就打你！今天非打死你不可！"我觉得我的头偏到这一边，又偏到那一边，无数次，耳朵也震聋了。我坐在地上，躺在地下了，他还揪住我的头发一阵踢。终于被人拉开。我心里一直很清楚，记起我母亲的话："万一他打你，不要还手，不然，说出去总是你的错。"所以也没有想抵抗……我回到家里来，我父亲又炸了，把一只大花瓶向我头上掷来，稍微歪了一歪，飞了一房的碎瓷……我父亲扬言说要用手枪打死我。

我暂时被监禁在空房里……

所谓暂时的监禁，其实长达半年，而且还包括张爱玲在监禁期间患了疟疾，需要治疗，做父亲的不请医生，只是私自打针，仍然关着她。

不知道为什么跟你说这些，大概是因为，那堵墙，那堵代表暴力和恐惧的墙，也成为我的伤害，一根刺扎在记忆里。在大学路上看见暮年刘叔叔父子手牵手的景象，你说是和解，还是斯德哥尔摩症的折断与屈服？

我觉得，美君你会对我说：借爱勒索，是勒索，不是爱。

你臣生活裡毛髮磅礴
她臣生命裡轉身無言
讓主荒涼 你親愛的人
可不可以放手
可不可以無妨

1935—

牛 车

黄昏时走过东港溪畔，牛群在沼泽里游走。只有一只小牛，牧童抓着绳子，把它引到主人面前，主人温柔地以双臂抱住小牛的头，用水帮它洗眼睛。小牛眼睛长着浓浓的睫毛。

美君在田里挖花生、秀娟跟着爷爷去台北看帝国日本的建设成就时，台湾一个叫吕赫若的作家，刚好发表了一篇新作品，叫《牛车》。

一心追赶现代化的殖民者，不允许牛车走在汽车走的马路上，于是大批一辈子以驾驶牛车为业的台湾农民走投无路，家里已经没有米可以下锅。为了养孩子，年轻的母亲只好在暗夜里拿自己的肉体去换给孩子买米的钱。

偏僻农村，她的"客户"势必都是同村相识的街坊邻居。

一个女人，必须内心多么高大才能把肉体放得多么低下？

夜夜迟归，当阿梅脚踏入家门时，孩子们叫着抱住她，然后别扭地直盯着母亲的脸。孩子们感觉到母亲最近都从镇上夜归。对小孩来说，心里相当寂寞与不平。

"肚子饿了吗？想睡了吧？"

一看到孩子们的脸，眼眶不由得热了起来。熄灭灯火，母子一起睡在黑漆漆的床上后，阿梅的眼睛还是睁得很大。在胡同里的情景历历涌上心头。

虽说是三十岁的女人，由于是第一次，脸皮不够厚，不自然得有点慌张。

被不认识的男人野蛮地用力抱住背时，她真的很想哭。不过，当手中握着钱时，"得救了！"，心情也就轻松起来……

1944—

快 乐 的 孩 子

美君说，炸弹掉下来还不止炸死人，有一次轰炸淳安时，日本飞机丢下来的是细菌。瘟疫的细菌掉进井水，大家都病了。

一九三八年，著名的匈牙利战地摄影家罗伯特·卡帕到了日本占领的武汉。八月，日本飞机轰炸武汉，丢下一千一百八十枚炸弹，死伤四千多人。房子毁了，家人死了，可是一场白雪下来，孩子们高兴得忘了一切，在雪里打雪球仗。

这些玩雪球的孩子，后来活下来了吗？到今天都很少人知道的是，一九四四年十二月十八日，为了对付占据武汉的日军，为了"测试"刚生产不久的燃烧弹，美国出动了八十九架B-29轰炸机，飞到武汉上空，丢下五百吨的燃烧弹。武汉百万民居大火焚城，烧了三天三夜。燃烧弹的特点是，火力把周围的空气瞬间吸光，方圆之内的人，窒息而死，发肤尽焦。蒋介石的日记说，心痛，死了将近四万居民。

胡兰成刚好在城内，他走过医院的一间侧屋，看见的是：

有两个人睡在泥地上，一个是中年男子，头蒙着棉被，一个是十二三岁的男孩，棉被褪到胸膛，看样子不是渔夫即是乡下人，两人都沉沉的好睡，我心里想那男孩不要着凉。及散步回来又经过，我就俯身下去给那男孩把棉被盖好，只是我心里微觉异样。到得廊下我与医院的人说起，才知两人都是被炸弹震死的。

燃烧弹在武汉"测试成功"之后，来年的二月，英军拿来用在德国古城德累斯顿，两万五千人死亡，举世震惊，至今史学家议论说，策动这个轰炸行为的人是不是该被视为"战犯"？但是武汉的燃烧弹轰炸，死者无言，生者默然，一转眼，七十年了。

这些孩子，还活着吗？

1933—

认 真 的 孩 子

一九三三年希特勒上台，教育系统的意识形态转型是第一要务。不直接表达忠诚的老师一批一批有计划地淘汰。在校园里积极培养"希特勒青年"的同时，全面改写教科书。历史书当然是第一个改写目标，但是生物啊，数学啊，能改吗？

能。

生物现在教的是人种的优劣。孩子们被带着用尺去量人头的圆周，观察眼睛的颜色、头发的质地，认识一般人种和雅利安人种的差别。

数学也改写了。譬如小学算数典型的考题变成这样：

如果必须在机构里养活一个精神病人，国家必须付出多少钱？

一架飞机时速两百四十公里，要去轰炸一个两百一十公里外的敌人城市，如果丢掷炸弹所需时间是七点五分钟，请计算此飞机回到基地的时间。

由党培训的学生在教室里记录老师的言论，如果听见老师说了不正确的言语，马上报告。这样的老师就会被辞退，而且可能一辈子再也找不到工作。到一九三八年，三分之二的小学老师都已经经过"改造"。

有些人，心里却藏着明白。一个小学地理老师说："我教学的时候尽量教真实的知识，希望他们长大以后还能够面对正常世界。学校里只剩下四五个不是纳粹的老师了，但我们不愿意离开，因为，如果我们也离开，德国就没有诚实的教学啦，所有诚实的人都已经在监狱里了。"

1941—

云 咸 街

我带美君到香港云咸街时，刚好一群叽叽喳喳的女学生经过，她惊诧又开心地说：

啊，香港的学生还穿阴丹士林旗袍啊……

张爱玲是美君的同代人，在港大读书时，也曾经婷婷袅袅地走下云咸街；旗袍的裙摆矜持又挑逗。战争的记忆，从来就并不只有"正确的"血肉模糊——

在香港，我们得到开战的消息的时候，宿舍里的一个女同学发起急来，道："怎么办呢？没有适当的衣服穿！"她是有钱的华侨，对于社交上的不同的场合需要不同的行头，从水上跳舞会到隆重的晚餐，都有充分的准备，但是她没想到打仗。

苏雷珈是马来半岛一个偏僻小镇的西施……她是天真得可耻。她选了医科，医科要解剖人体，被解剖的尸体穿衣服不穿？

一个炸弹掉在我们宿舍的隔壁，舍监不得不督促大家避下山去。在急难中苏雷珈并没忘记把她最显焕的衣服整理起来……她还是在炮火下将那只累赘的大皮箱设法搬运下山。苏雷珈加入防御工作，在红十字会分所充当临时看护，穿着赤铜地绿寿字的织锦缎棉袍蹲在地上劈柴生火……

民 国 女 子

她会骂人。

她真的很气一个人的时候，会哗啦哗啦流利地说，这人，哼，"长不像个冬瓜，短不像个葫芦"。对文字语言敏感的我马上竖起耳朵天线：等等，什么样的人长得像个冬瓜，短得像个葫芦？是说品格吗？是说长相吗？是说气质吗？

这骂人的逻辑就是，要么长，要么短，不可以不长不短四不像。小时候我对这个生猛"格言"的理解就是：高矮长短像冬瓜或像葫芦都好看，就是不可以难看。

上初中了，她开始要求我做一件事。日本宿舍不都是榻榻米吗？榻榻米的红色布边不都是直线吗？她递过来一本重重的书，让我顶在头上，然后挺直身躯，眼睛看前，一步一步踏着榻榻米的直线走路。所以不必教如何优雅，头上的书不砸下来，脊椎挺直，就自然会优雅。

后来发现张爱玲的母亲让她做过类似的事：

我母亲教我淑女行走时的姿势，但我走路总是冲冲跌跌，在房里也会三天两天撞着桌椅角，腿上不是磕破皮肤便是淤青，我就红药水搽了一大搭，姑姑每次见了一惊，以为伤重流血到如此。

很多年后，看见各种老画报上沪杭"民国女子"的眼神、姿态，就仿佛明白了。即便是刚刚还赤脚和渔村妇女坐在地上编织渔网，她出门就要穿上剪裁有致的旗袍，衣襟里塞一条细细的、有花露水淡香的手绢；或者，即便我的学费都还得她咬着牙四处张罗，在家里的榻榻米上，还是要教自己的女孩儿什么才是优雅淡定。

她是个民国女子。

149

1944—

家 ， 九 号 标 的

十九岁的美君一听到空袭警报就牵着母亲的手，带着她拼命跑。她的母亲小脚，总是得半拉半抱着走。日本飞机走了，祠堂被炸掉一半，血肉模糊的半条人腿挂在树上。

美君当然不知道，同一个时候，英国的飞机在炸德国占领的法国、荷兰，美国的飞机在炸日本占领的台北、高雄。

她还没听过高雄这个地名，当然做梦也梦不到，没几年她就会莫名所以地在这个港口上岸，而且就在这港口，打下竹篱笆的桩，养鸡、种菜、卖杂货、养孩子。

一九四四年二月，美国空军的秘密侦测机拍摄日本所属高雄港的要塞，设定轰炸标的。六号标的是酒厂、一百七十七号标的是发电厂，四号标的是隐藏的储油库。九号标的，让我仔细看看九号标的吧——是储水库、储油库、圆形建构。

美君为我打造的童年的竹篱笆围着的家，不就在九号标的内吗？

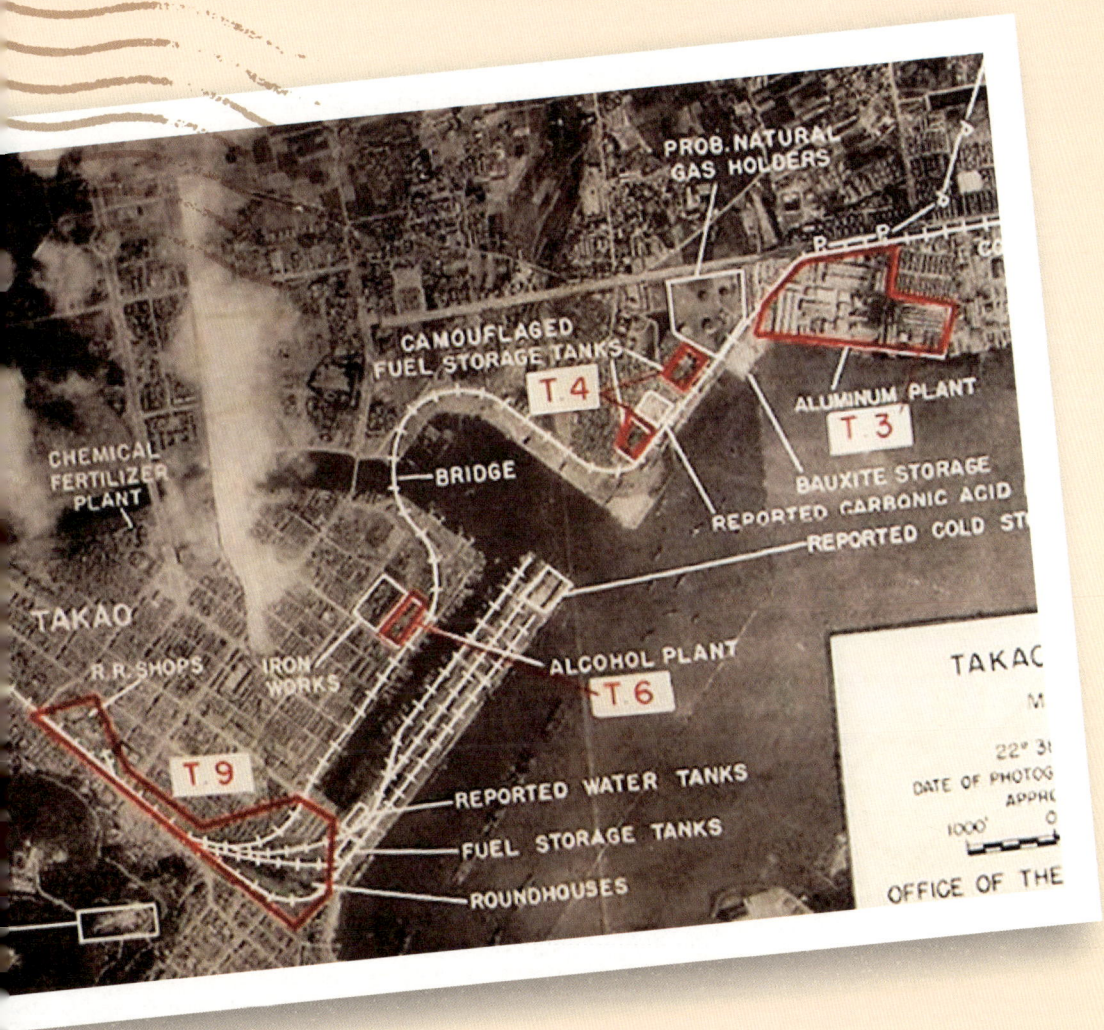

PROB. NATURAL
GAS HOLDERS

CAMOUFLAGED
FUEL STORAGE TANKS

T.4

ALUMINUM PLANT
T.3

CHEMICAL
FERTILIZER
PLANT

BRIDGE

BAUXITE STORAGE
REPORTED CARBONIC ACID
REPORTED COLD ST

TAKAO

R.R. SHOPS   IRON
WORKS

ALCOHOL PLANT
T.6

T.9

TAKAO

M

22° 31
DATE OF PHOTOG
APPHO
1000'   0

REPORTED WATER TANKS

FUEL STORAGE TANKS

ROUNDHOUSES

OFFICE OF THE

1944—1945

饥 饿

抓着美君的裙角挤进戏院去看黄梅调电影《梁山伯与祝英台》，不知看了几次。后来问她：你最喜欢的电影明星是谁？

她用此生不渝的坚毅语气说：凌波。

"那……奥黛丽·赫本呢？你不是很喜欢《罗马假日》吗？"

"赫本啊？"她说，"美是美，但是身子太单薄了，像营养不良。不好。"

美君的直觉，灵。

赫本晚年担任联合国的人道大使。有一次在饥荒的苏丹，刚好看到一个躺在泥地上的男孩。她问医生"他怎么了"，医生说："这孩子十四岁，因为长期营养不良，有急性贫血、呼吸系统失调、水肿。"

赫本轻轻说，我懂。

比美君小四岁的赫本，在荷兰爆发饥荒时，刚好十四岁。德军占领荷兰，切断了对外通路，加上盟军日夜轰炸，城外农产品无法进城。在长达半年的围城饥荒中，大约两万多人因为营养不良而死亡。赫本也病倒了，医生给她的诊断是：急性贫血、呼吸系统失调、水肿。她一生的消瘦，来自战争的饥饿。

她说：当年是联合国的救济物资救了我，我今天来还债报恩。

【 给美君的信 11 】

天长地久

人生里有些事情，

不能蹉跎。

155

　　软枝黄蝉有个英文名称叫黄金喇叭；种在栏杆旁，热带的阳光和雨水日日交融，会让面山的这片阳台很快就布满黄金喇叭，每天太阳一探出山头，一百支黄澄澄的喇叭就像听到召集令的卫兵号手一样"噔"一声挺立，向大武山行注目礼。

　　黄金喇叭隔壁种杜鹃，是为了色彩。这株杜鹃将在"黄金喇叭纵队"卸妆休息的季节里吐出迷幻似的粉红色花朵。退后两步，眼睛稍微眯一下，我仿佛看见淡彩里喷出粉白，把粉红层层渐次渲染出一片云蒸雾集的气势。

　　然后种下十二株虎头茉莉。小时候唱的"好一朵美丽的茉莉花"都是清瘦单薄的小家碧玉，采下七八朵可以包进一条小小的手帕，让书包一整天清香回荡。虎头茉莉却像江湖大哥，不怒而威，拥枪自重，他的枪就是那密密交织、重重包围的花瓣，散发出令人软化投降的香气。晚上月光如水，流泻一地，虎头茉莉摇曳在柔黄的月色中，朵朵皎白，傲岸不群。

刚来潮州的时候，当然马上就到传统市场和附近的花店去侦察花市，发现花店摆出来的多半是已经扎好的花束，剑兰加菊花，或者夜来香加百合，化型一致。我问："有玫瑰吗？"卖花人说："玫瑰有刺不行啦。神明花，要几束？"

神明花？我恍然大悟；玫瑰不能供奉神明，因为玫瑰带刺。《道法会元》说："鲜花不用鸡冠花、石榴花、佛桑、长春葵，妖艳有刺者。"原来，我买花是为了取悦自己，乡人买花是为了取悦神明。读书人案头的花，或妖艳或清丽，或奇峻或狂野，无不合适；神明案头的花，却必须清净淡雅，一片冰心。

肾药兰

昨天开车去竹田乡的天使花园农场买花，专门为了肾药兰的切花而去。年轻的农场主人让我带着剪刀进入园圃，弯腰花丛里，一枝一枝剪下来。

一大束红色的肾药兰插在清水玻璃瓶里，有一种罕见的姿态。照理说，红彤彤的一大把花，插在一起一定显俗，但是肾药兰根本不屑你的寻常美学规则。它的绛红花瓣质地柔软如金丝绒，像白先勇的钱夫人深秋晚宴会穿在身上的旗袍，也像"国家歌剧院"舞台上堂堂垂下的古典红绒布幕。

花色是正红，给你一种人间烂漫的幸福感染，而五片花瓣裂成二大三小，以海星状疏疏张开，使得原来可能太浓稠的美，一时又空灵绰约起来。花枝线条单纯，主枝往上，旁枝往往就横空出世，潇洒地挥出水袖。

从来不那么喜欢大红大紫的我，竟然为红色肾药兰的姿态倾倒。

朋友特别从台北下屏东来看我的潮州南书房。他吃惊地说："你才下来两个礼拜，可是黄蝉、杜鹃、茉莉花、桂花、美人蕉、薄荷草——看起来就像已经在这里住了一辈子了。怎么可能？"

我说："那你还没看到那一头的菜园子呢。"

我们走到面对落日的阳台西端去看我种下的丝瓜、鬼椒、茄子、西红柿、番薯、百香果……

他惊诧万分："怎么好像打算在这里住一辈子，不就是个短期逗留吗？"

他的惊讶有两重。一是，我怎么会在这么短的时间里创造出一个"家园"来。但是更大的不解是，南下陪伴美君，不是长期定居，为什么对一个暂居的"旅寓"如此认真，以"家园"规格对待。

你猜得不错，美君，后面是有故事的。

蹉跎

把一个货物堆积到天花板、尘埃飞舞使你连打二十个喷嚏的仓库改装成一个宽敞明亮的写作室，并且将废弃二十年的花圃重新复活，全部在三个礼拜内风风火火完成。在追赶什么呢？

应该是因为，曾经发生过的几件事教会了我：人生里有些事情，不能蹉跎。

二十二岁的时候，遇见了一位美国教授。他是那个银发烁亮、温文尔雅的大学者，来台访问教学，我是那个刚刚大学毕业、没见过世面、眼睛睁得大大凡事好奇的女生，被派去做他的接待——帮他张罗车票、填写表格、翻译文件、处理杂事。在每日的行政琐事来来去去里，我们会谈天下事，他谈美国的政治制度，我，在国民党的教育灌输之下，大概只有一派天真、两分无知、三分浪漫的理想情怀。

他在离开台湾的前夕，把我叫到面前，拿出一个牛皮纸袋，里面是一堆英文文件，让我签名。他为我办好了美国大学的入学手续，攻读硕士，提供全额奖学金。

我是南部大学的文科毕业生。一九七四年，我的毕业班没有出国留学的人。绝大多数都去做了乡下的中学英文老师，小部分在贸易行里做英文秘书。对没有资源和讯息的南部孩子而言，留学，是条遥远、缥缈、不真实的路。

老教授深深地注视我，寓意深长地说："你，一定要出去。"

很多年之后，我才能够体会，一九七四年他通过他的眼睛看到的我，是一个怎样的我：这是一个心里面有窗的青年，但是那扇窗没有机会真正地打开。如果不走出去，她将永远不知道什么是诚实的风景、新鲜的空气。

　　这一个改变我命运的人，当我因为他而走出村落、跨越大海、攀登山峰，越走越远的时候，他一步步走向自己生命的幽谷。他的太太寄来他的照片，已经是形容消瘦、坐在轮椅里的老人了。

　　我想去看他，总是太忙，总是有"明年"，总是有"唉再等一等吧"。有一次，公务行程已经让我飞越半个地球，到了离他只有一小时车程的地方。知道他人在病榻，我彻夜辗转，决定次日早晨无论如何都要抛开公务去看他。

　　次日早晨，幕僚手里捧着行事历，报告当日行程，一个接着一个，针都插不进缝里。看着秘书紧绷的脸孔，我绝望，却又软弱地饶恕自己："那……再等下一次机会吧。"

　　机会是这世界上最残忍的情人，也许宠爱过你，可是一旦转身绝不回头。我错过了宇宙行星运转间那一个微小的时刻，此生不得再见。对改变了我命运的人，想在他弥留之际轻声说一句"谢谢"——我蹉跎了。

当下

　　和安德烈曾经在香港一起生活十年，十年，够长吧？

　　可是，事先无法想象我会在一个城市住下七年或九年；多年的浪迹、流动、暂居、旅寓，已经是我的心灵状态——我永远是个过客，在嗒嗒马蹄声中到来，怀着前一个城市的记忆，期待这一个城市的热烈，准备下一个城市的启程。

天长地久

美君，你是在战乱中流浪到这个海岛来的人，当你手举着铁锤，嘴含着铁钉，满身大汗蹲在地上搭建竹篱笆的时候，你没以为那是永久的家园吧？

于是，我和安德烈在大海边的家，美得像梦。日落海上的彩霞每天照进客厅，给客厅里的白墙涂上一层油画般的光泽，可是，我们的白墙上没有一张画，我们的地板上没有一件自己的家具；最珍贵的照片包得紧紧的，留在箱子里。因为——反正是暂居，是旅寓，不要麻烦吧……

一到海上日落时刻，我们就冲到阳台去看；阳台像剧院里的贵宾包厢，我们每天欣赏南海日落的定目剧演出。当时没意识到的是，每日落一次，生命就减少一截，一同生活的时间配额就耗掉一段。当分手的时刻突然到来，我还大吃一惊：啊，就结束啦？

很慢很慢地，才体会到落日在跟我说什么：

> 人生的聚，有定额，人生的散，有期程，你无法索求，更无法延期。

你以为落日天天绚烂回头，晚霞夜夜华丽演出，其实，落日是时间的刻度，晚霞是生命的秒表，每一个美的当下，一说出"当下"二字，它已经一笔勾销。

安德烈的人生线条和我的线条交叉点过去，我们此生不再有机会同

161

住在一个屋顶下。

　　总是在机会过去之后，才明白，我必须学会把暂时片刻当作天长地久，给予所有的"旅寓"以"家园"的对待。陪伴美君是我错失后的课业实践。

　　给你一朵虎头茉莉，那香气啊，游到你梦里。

此生唯一能给的

我们是在山河破碎的时代里出生的一代，

可是让我们从满目荒凉、一地碎片里站起来，

抬头挺胸、志气满怀走出去的人，

却不是我们……

　　有一天早上，大武山的晨光一射进百叶窗缝，猫还趴在地板上打呼，我的眼睫毛还未张开，就想给安德烈打电话。兄弟俩说是在安排十二月相聚的时间，不知结果如何。他们一个在伦敦，一个在维也纳，妈妈在台湾，爸爸在德国。每个人都各有繁忙的工作、不同的时间表，还要设法把"分配给爸爸和妈妈的时间坚定错开"；这个工作，实在伤脑筋。

被对待

　　我曾经慷慨大度地说："这样吧，体贴你们，我可以忍受爸爸一个晚餐时段，而且，最好他的女朋友也在，可以帮忙聊天。但是拜托，不要超过一晚。"

　　儿子用卡通效果的愉快语调连声说"谢谢你的慷慨"，然后就开枪："但是你搞错了，把你们两个放在一起会崩溃的是我们耶……"

　　这天早上没用视讯，只是通话，听见安德烈的声音像鼻塞，做妈的问："你感冒啦？"

他说："没有。"

"你怎么会在家？今天不上班吗？"

他用重感冒的声音说："现在伦敦几乎是半夜，我本来已经快睡着了，明天一早要上班……"

美君，我突然想起爸爸。往往就在我在议会里马上要上台接受质询，神经绷得快断掉的时候，老爸来电话，用那种春日何迟迟、莺飞草正长的慢悠悠湖南腔调说："女儿啊，你好吗……"

我抓狂了，对着手机像暴龙喷火："没空。"切断电话。

知道安德烈工作忙碌的程度，我感觉愧疚，同时心中一惊：曾几何时，我自己已经走到那个"春日何迟迟"的老爸位置了？这人生的时光复印机是怎么回事？你以为把原件放进去，吐出来的是个无所谓的复本，哪知道在这个"无法转身、不许回头"的机器里，键入时光之后，吐出来的复本竟然每一份都是原件，按键的你直接走入了原件，躺下来和那一代一代逝去者的生命面貌重叠在一起。原件惊悚通知：你曾经怎么对待，如今就怎么被对待。

计算

但是我们的伦敦午夜通话还没完呢。接着他就跟我说了他跟弟弟飞力普如何分配时间：我先到维也纳和弟弟二人相聚；然后弟弟跟我一起飞到伦敦，三人相聚；最后让爸爸从德国飞来伦敦，当四人同在伦敦时，兄弟二人就拆开来轮流陪伴不想在一起的爸爸和妈妈。

你一定觉得这兄弟俩煞费苦心，令人同情吧？可是我说："才不要呢。"我振振有词，"伦敦在十二月又冷又黑街上又没人，而且我还要少一个儿子，还要把时间跟人家分，不干。"

听得出安德烈几乎要笑出来，或说，笑里带气，气笑得醒了过来，说："你成熟一点好不好？"

"妈，"他的黑色幽默细胞又开始发作，"你数学不好，几何也不及格，来，我跟你算一下，怎样排列组合你得到的陪伴时间最多。"

我一边听，一边想到"小三"——他的女朋友，说不定就在他身旁偷笑，有点丢脸，但是，"没关系，"我心想，"总有一天轮到你。"

安德烈就把天数及两个儿子的人数分成不同的单元，在隔着英吉利海峡、欧洲大陆、亚洲大陆、太平洋的渺茫空间里，有如说明数学方程式一样跟我分析我如何获得最大量的与两个儿子共处的时间。

我知道他用这个夸张的方式来凸显此番母子夜谈内容的荒诞。

这真的够荒诞。一个自诩为超级理性知识分子的妈在跟儿子耍赖，不要这个不要那个，还斤斤计较相聚的一分一秒。我理性的女朋友们若是知道了，一定对我的行径深觉不齿，骂我是"神经病"。

数学算完了，我接受了。这午夜谈话怎么结束呢？做妈的说："你知道我这么计较，并不是因为我寂寞无聊，需要你们的陪伴？"

安德烈在那头说："知道知道，你一点也不需要陪伴啦。"他故意打了一个让我听得见的大哈欠，说："你是为我们好，希望你死了以后我们没有遗憾。"

在他的半戏谑半认真、在我的半恼怒半自嘲中，我们无比甜蜜地道了再见。

回家

很多朋友问我是什么让我下了决心离开台北，搬到乡间。他们知道，在过去的十五年里，不论是在香港还是在台北工作，每两个星期我都会到潮州去陪伴你，不曾中断。但是你无法言语，在一旁聊尽心意的我，不知道你心里明不明白我是谁；不知道当我握着你的手时，你是否知道那传过来的体温来自你的女儿；不知道我的声音对你有没有任何意义。我的亲吻和拥抱是不是等同于职业看护那生硬的、不得已的碰触？你是否能感受到我的柔软，和别人不一样？

十五年了，我不知道。

四月初，生平第一次参加了一个禁语的禅修。在鸟鸣声中学习"行禅"，山径上一朵一朵坠落的木棉花，错错落落在因风摇晃的树影之间。木棉花虽已凋零，花瓣却仍然肥美红艳；生命的凋零是一寸一寸渐进的。

眼眉低垂，一呼吸一落步，花影间，我做了一个决定。

一回到台北就南下潮州，开始找房子想租。很快就发现，乡间的住宅大多窗户很小，但是写作的人内心有黑室，需要明亮开敞的大窗，让日光穿透进来。被中介带着看这看那，一个半月之后，决定放弃。

还是找块地自己建个小木屋吧。我跟中介说，帮我找这样一块农地：开门就见大武山，每天看见台东的太阳翻过山来照我；要不然，开门就见大草原，那块每天都有军机跳伞的绿油油大草坪就很好；要不然，开门就见"白鹭下秋水，孤飞如坠霜"，就是李白见到的那块地啦，也可以接受。

一个半月之后，放弃农地了。因为，当我终于看中了一块"西塞山前白鹭飞"的美丽农地时，中介说："建小木屋只能是非法的，你是知道的，对吧？"

我说："我不知道。但是非法的我不能做。"

他很惊讶："人人都做，为什么你不能做？"

我把运动帽檐再压低一点，现在连鼻子都遮住了，想跟他开个玩笑说："苏嘉全偷偷告诉我的……"转念觉得，别淘气，于是就只对他说："唉，就是不能违法啊。"

从行禅动念到此刻，三个月过去了。能再等吗？美君能等吗？

我当天就央求哥哥把他仓库出让，一周内全部清空。再恳求好友三周内完成所有整修工程。第四周，卷起台北的细软——包括两只都市猫咪和沉重无比的几箱书以及计算机的硬的软的——在大雨滂沱中飞车离开了台北。从动念到入住，一分钟都没有浪费。

在你身旁

不再是匆匆来，匆匆一瞥，匆匆走；不再是虚晃一招的"妈你好吗"然后就坐到一旁低头看手机；不再是一个月打一两次浅浅的照面；真正两脚着地，留在你身旁，我才认识了九十三岁的你，失智的你。

我无法让你重生力气走路，无法让你突然开口跟我说话，无法判知当我说"我很爱你妈妈"时你是否听懂，但是我发现有很多事情可以做，而且只有留在你身旁时才做得到。

因为在你身旁，我可以用棉花擦拭你积了黏液的眼角，可以用可可脂按摩你布满黑斑的手臂，可以掀开你的内衣检查为什么你一直抓痒，可以挑选适合的剪刀去修剪那石灰般的老人脚指甲，可以发现让你听什么音乐能使你露出开心的神情。

我可以用轮椅推着你上菜市场；我会注意到，在熙熙攘攘的菜市场里，野姜花和绿柠檬的气味相混、虱目鱼和新切鸡肉的腥气激荡、卖内衣束裤的女人透过喇叭发出的热切呼唤声，都使你侧耳倾听。

我可以让你坐在我书桌旁的沙发上，埋头写稿时，你就在我的视线内，如同安德烈和飞力普小时候，我把他们放在书桌旁视线之内一样。打计算机太久而肩颈僵硬时，就拿着笔记本到沙发跟你挤一起，让你的身体靠着我的身体。

　　因为留在你身旁，我终于第一次得知，你完全感受得到我的温暖和情感汩汩地流向你。

　　我们是在山河破碎的时代里出生的一代，可是让我们从满目荒凉、一地碎片里站起来，抬头挺胸、志气满怀走出去的人，却不是我们，而是美君你，和那一生艰辛奋斗的你的同代人。现在你们成了步履蹒跚、眼神黯淡、不言不语的人了，我们可以给你们什么呢？

　　我们能够给的，多半是比你们破碎时代好一百倍的房子、车子、吃不完的食物、丢不完的衣服，哦，或许还有二十四小时的外佣和看护。但是，为什么我们仍然觉得那么不安呢？

　　那是因为我们每一个在假装正常过日子的中年儿女其实都知道，我们所给的这一切，恰恰是你们最不在乎的，而你们真正在乎和渴望的，却又是我们最难给出的。我们有千万个原因蹉跎，我们有千万个理由不给，一直到你们突然转身，无语离去，我们就带着那不知怎么诉说的心灵深处的悔歉和疼痛，默默走向自己的最后。

　　你们走后，轮到的就是我们。

　　在木棉道上行禅时，我对自己说，不要骗自己了。此生唯一能给的，只有陪伴。而且，就在当下，因为，人走，茶凉，缘灭，生命从不等候。

【 给美君的信 13 】

时间是什么？

这世界上凡是不灭的，

都在你自己的心里。

一九四六年，一个叫彼得的小孩给爱因斯坦写了封信：

爱因斯坦先生：

　　你能不能告诉我，时间是什么？灵魂是什么？天堂是
什么？

时间、灵魂、天堂，亲爱的，都和你我有关。所以，让我泡杯茶，
到阳台上吹风想想。

时间

七十六亿人中的大多数是看不见时间的。在政府工作的时候，清晨
一张开眼睛，我的身体即刻紧绷，是一个已按"启动"键的机器；我的
头脑飞速运作，是一个已按"开机"键的计算机。然后一整天，身边的
人跟着我高速运转，我听见自己不停地说：抓紧时间；时间不够了；怎

么回事，时间又到了；天哪我没有时间了；我需要，我需要，我需要一天七十二小时……

若是有个头上长着吸盘的外星人躲在公文柜里偷窥，他会觉得，这个被一堆人唤作"部长"的人类很不对劲，她在跟一个东西不间断地格斗。那东西的名字叫"时间"。

你能想象我说的是：抓紧兔子；兔子不够了；怎么回事，兔子又到了；天哪我没有兔子了；我需要，我需要，我需要一天七十二只兔子……

当你在跟一个东西格斗的时候，你绝对没在看那个东西。当你在跟时间格斗的时候，你绝对没在看时间。所以，所有忙碌得团团转、自觉很重要、嘴里一直喊"时间"的人，其实并不知道时间真正在对他进行什么机密任务。

日及

现在的我，才看得见时间。

单单是这个阳台，时间的机密就每天泄露。

泄露在软枝黄蝉的枝叶蔓延里，枝叶沿着我做的篱笆，一天推进两厘米。

泄露在紫藤的枝干茁长中，每天长胖一厘米，抽高一厘米。

泄露在玉女西红柿的皮肤里，每黄昏一次，胭脂色就加深一层，好像西红柿每天跟晚霞借颜色，粉染自己。

上周种下一株扶桑——就是朱槿、大红花。在乡下，人们以扶桑花做篱笆。一整面篱笆的灿烂红花迎风摇曳是乡村的一枚胸章。

你以为它们就是一群花朵，像装饰品一样固定地长在那儿。种下了这一株之后，才知道，原来每一朵花都有独立人格，是朝开夕坠的，也就是说，今天上场的，不是昨天那一朵。扶桑花感应到清晨第一道日光照射，就奔放绽开；傍晚时日光一暗，红花就收拢，谢幕，退场，与花蒂极干脆地辞别落地。

李时珍称扶桑为"日及"，因为"东海日出处有扶桑树，此花光艳照日"。

所以，最不矜持作态的篱笆"贱花"扶桑，是个标准定时器。而你一旦知道了它有时辰，就会对每天开出的那一朵郑重端详，因为你知道，一到傍晚，它就会离开你，留不住的。

老猫

我站在阳台上就可以目睹扶桑花的生死开谢。跨度是二十四小时。

阳台上还有猫。美君，它刚才还趴在你身边，利用你的体温给自己发电，猛打呼噜。闭着眼的你抓抓它，不知道是猫，把它毛茸茸的头当作一粒网球开始捏起来，它知道危在旦夕，一溜烟逃走了。阳光点亮了阳台，现在猫在阳台上做日光浴。

扶桑花生死计量是二十四小时。猫呢？它的年龄以我的倍数增加。两岁的它等于我的二十四岁。已经活了五年的它，现在是三十六岁；再过两年，七岁的它就老态龙钟了。十五岁，它老人家就过完了一生，如花辞谢。

所以我和它相处的时间，剩下十年。这十年中，仿佛它体内有一个时光加速器，让它一天一天急遽老去。我们的身体在同一个空间，可是我们以不同的时间速度在走向终点。

如果说，黄蝉、紫藤和扶桑，很明确地每天泄露给我看时间的机密，那么这只猫，虽然不动声色，我却也无比清晰地听见它体内的时钟嘀嗒。在很短的时间里，亲眼看见它从一个发疯似的追着自己尾巴乱转乱跳的青春好奇小猫变成一个老成持重、大腹便便、腻在太阳里眯眼伸懒腰的老猫。

毛茸茸、热乎乎的猫咪，也是一个定时器。跨度是十五二十年。

灵魂

你曾经随着邻居的邀约进了乡下的教堂受了洗。而且是真的受洗——整个人浸进水里头。很多年，你什么首饰都不戴。给你青翠的碧玉，给你绛红的玛瑙，给你斑斓的琥珀，你都放进抽屉里，唯一戴在身上的，是一条黄金打造的十字架项链。

每次送你进医院，我就把这条项链收起来，出院了，再为你戴上。

一直到有一天，你已经不知道身上有什么了，我最后一次把项链拿下来，收进一个绣花包里，不再为你戴上。

前几天，整理冬天衣物时，看见了这个绣花包，不禁发怔：以后，谁会戴这条项链？对于我，它太重——记忆太重，意义太沉，不敢戴，不忍戴。对于别人，它太轻，没有记忆，没有意义，只是旧时金属，重量一两。

这个十字架，美君，以后你觉得它应该去哪里呢？

爱因斯坦似乎并没有回复小彼得的来信，我们不知道他怎么回答孩子"灵魂是什么"，但是我记得他回复过另一封信，一封很伤心的来信。

爱因斯坦先生：

去年夏天我十一岁的儿子死于小儿麻痹。我的生命因为他的死而裂成碎片，彻底空了。我一直在寻找一个信仰来支撑自己，试图相信，儿子在另一个更高的世界继续存在着。我跟自己说，怎么可能身体消失了灵魂就不存在？

可是，在你的新书《我的世界观》第五页，你说："我无法理解肉体消灭了以后人还存在。这种认知只是弱智者的恐惧或荒唐的自我夸大而已。"

痛苦无助的我想请教你：在这样的绝望中，你难道就看不到任何慰藉的可能吗？你难道要我真的相信，我那可爱的孩子就是成了灰?……

如果你是爱因斯坦，你要怎么回复这个心碎的爸爸呢？

爱因斯坦的回信是这样的：

M先生：

人，是宇宙现象的一部分，受时间和空间的限制。人感受他的自我、他的思想和情感，以为自己似乎独立于宇宙现象之外，但这是一个错觉。怎么把自己从这个错觉里解放出来，是宗教的真正意义所在。不去加深这个错觉，而是去克服它，才能获得心灵的平静。

阿尔伯特·爱因斯坦 敬上

爱因斯坦没有给一句婉转的、疗伤的、安慰的话。

天堂

当我趴在地毯上和猫咪那双深奥的大眼睛面对面凝视时，我倒是觉得它，有灵魂。

我们虽是一人一兽，但都是生命，同属爱因斯坦所说"宇宙现象的一部分"。我有情感有记忆，它有情感有记忆，只不过我的比它的稍长一点点。在无尽的空间穹苍中，在深邃的时间巨流里，我们有一个电光石火的交会，已是奇迹。交会后各自划入黑暗，没入灰尘，它带着它的记忆，我带着我的理解。

一人和一兽，我看不出差别。

若是我回信，大概会这样说：

M先生：

上坟时，你带一束玫瑰花。花瓣会枯萎，但是花的香气留在你心里。不是吗？所以，这世界上凡是不灭的，都在你自己的心里。那儿就是你孩子的天堂。

机密

绣花包里的十字架，我其实知道，不管最后去了哪里，反正已经永远在我的心里。

懒猫儿睡着了，美君垂头打盹。太阳已经走到西边的海峡，扶桑花已经合拢即将坠土，我的白发长出了半寸，这一天完美地计量完毕。

那忙碌得团团转的人，留意咯，因为真正的时间巨流，在你忙碌于格斗的时候，已经悄悄做了无声的乾坤挪移，进行它的机密任务：把你的生命本身一寸一寸挪走了。

上一代、下一代、和你自己，

就是那相生相滅的

流動的河水、水上的月光、

月光裡的風。

何必遲疑呢？每一寸時光，

那讓它消得無聲吧。

1942—

九 条 命

"这是谁的名字?"

"爸爸的。"

"爸爸怎么是这个名字?"

美君笑着说:"傻孩子,兵荒马乱啊,每个人都有好几个编出来的名字,好多种身份,不然怎么活得下去。"

从战争中活下来的人,都得有九条命,爆掉一条再换一条。

美国一个"墓地查询网站"上,有个叫Yang Kyoungjong(杨景钟)的人,籍贯可能是韩国,也可能是中国东北的朝鲜族。十八岁被日本人征进关东军,跟苏联红军打诺门罕战役,被俘虏,送进了苏联集中营里做苦役。

一九四二年德军猛烈攻击苏联,杨景钟又当兵了,这回苏联把他编入红军,千里跋涉被送到东欧战场对德军作战。

在乌克兰冰天雪地的壕沟里,这回他被德军俘虏了。德军需要人力战力,于是当英美法盟军进攻时,德军不管三七二十一,就把他这俘虏送上前线,去诺曼底作战。

D-Day美军登上了诺曼底,俘虏了大批德军,但是大吃一惊:德军里怎么有个日本兵?侦讯了半天,又发现这奇怪的日本兵一句日语也不懂。最后把他送到美国,才慢慢搞懂,这十八岁的东北孩子从日本关东军变苏联红军,变纳粹士兵,最后在诺曼底变成德国战俘。生生死死几条命活下来,这孩子才二十五岁。

1945—

古 城

去年冬天，安德烈经过德累斯顿，发来几张照片。古城在白雪的覆盖下，美得像小时候神父给的撒了银屑的圣诞卡片。教堂的尖塔映在深蓝色的夜空里，温暖的灯火照亮了古朴的石板街道。我们在线交谈：

安：我第一次到德累斯顿。感觉很特别。

妈：怎么说？

安：小学就读过德累斯顿大轰炸，但是老师总是欲言又止，我们也就知道该是碰到了敏感的东西。反省德国的罪孽，一直就是课程主轴，其他少谈。其实我对德累斯顿轰炸知道得不多。

妈：我倒是比较早就知道了，一九四五年二月十三日，英国轰炸机大概对城里丢下了两千六百吨炸弹。但是，你知道让我最惊异的是什么吗？

安：什么？

妈：就是，整个二战里，德军在英国总共投下七点四万吨炸弹，而盟军在德国投下的却是一百三十万吨炸弹。这个落差实在太惊人了。

安：是啊，德国到现在还每天发现未爆弹。可是，我问你，原子弹之前，你知道美军在日本丢了多少炸弹吗？

妈：哦，还真不知道。

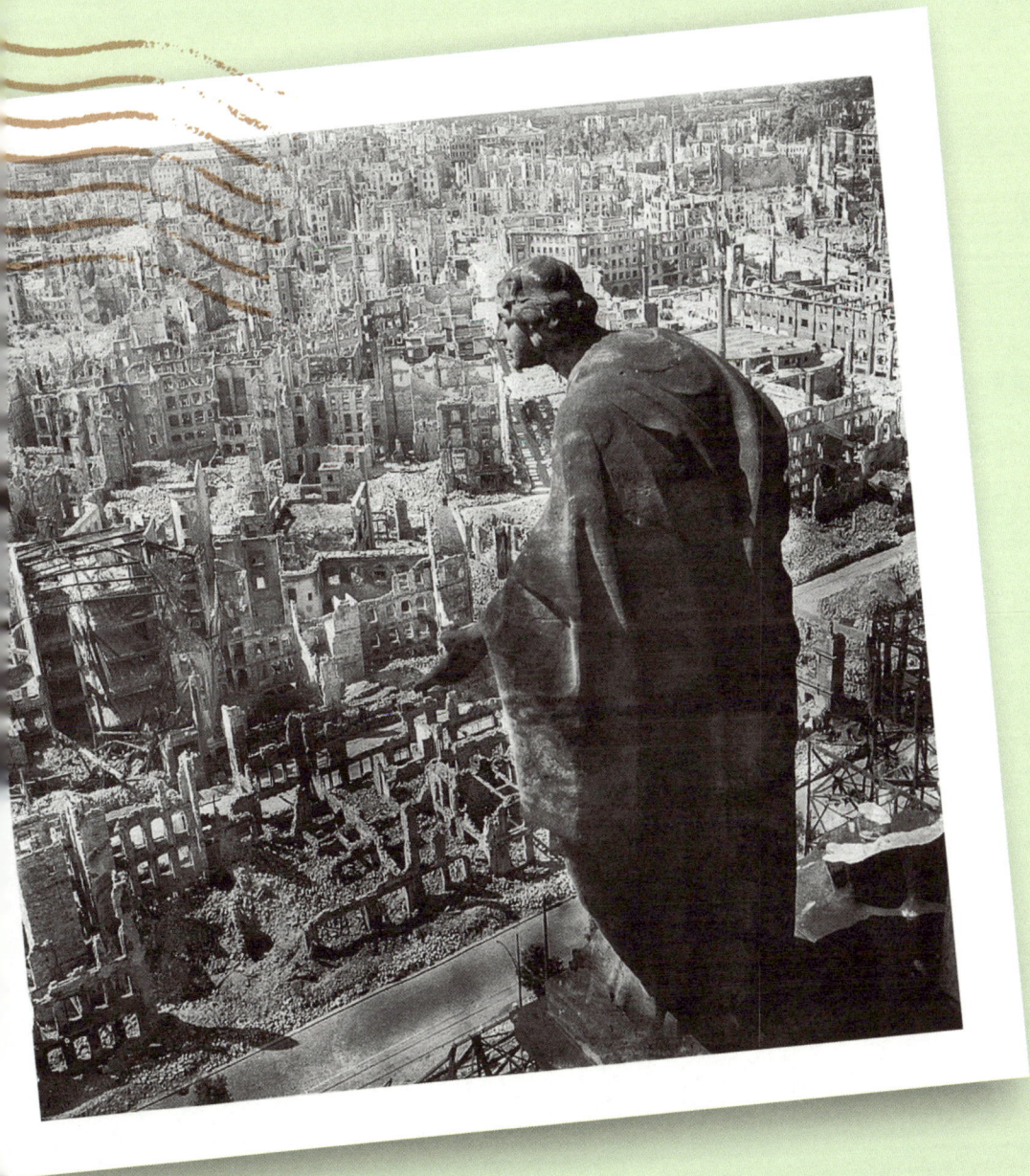

1945—

亲 爱 的 弟 弟

奥唐奈是美军派到日本去了解战后状况的摄影师。很多年后，他回忆一九四五年八月拍下这张照片的那一个光景：

我看见这个大概十岁大的男孩走过来。他背着一个小弟弟。在日本常看见大一点的孩子背着幼小弟妹一起玩，但是这个男孩不太一样。他很严肃。没穿鞋，表情僵硬。背着的小婴儿的头垂向一边，好像睡着了。

男孩就这样立正站在那里，站了大概十分钟。戴白口罩的大人走过去跟他说话，然后把绑着婴儿的背带解下来。这时我才发现——那婴儿是死的。

然后大人用手托着婴儿的头跟脚，把他放在火上。婴儿的哥哥一直立正站着，一动不动，眼睛盯着火。他紧咬着下唇，咬到出血。烧着的火，慢慢暗下来，像落日。最后男孩转过身去，一言不发地离开。

宵 月

渔村里大家叫她"黑猫"，三十多岁吧，在我十七岁的眼中，她确实是村里的美人——细瘦柔软的腰身，走路时裙摆生风。从鱼塭旁经过，蹲着干活的男人放下手中的活，头跟着她转。

"黑猫"跟美君常在一起织渔网聊天。美君说，"黑猫"不简单，她小时候跟爸妈住在澳洲，后来逃难回台湾。我说，她不是本地人吗，怎么会"逃难"？美君说，不清楚，就是战争结束以后，在澳洲搭上一艘"可怕得像地狱"的军舰，昏天黑地饥饿又呕吐地回到台湾。当时只有十一二岁，也不太明白怎么回事。反正，台湾南部渔村的"黑猫"对浙江淳安的美君说："我跟你们外省人一样啦，逃过难的。"

很多年以后，一份一九四六年的澳洲报纸让我终于明白了"黑猫"说的是什么。

日本地狱船风波

台湾妇女被迫上宵月舰

一九四六年三月六日悉尼电——

大约一百名台湾妇女及一百一十二名儿童边哭边上了驱逐舰宵月号，启程前往中国台湾、韩国及日本。舰上情况之恶劣让人震惊……其中十五人躺在担架上，还有两名孕妇。他们被迫与八百五十个被遣返的日本战俘混在一起，挤进45英尺×21英尺的空间，缺通风口，有如烤箱，极不人道……开船时，这些妇女紧拥孩子哭泣，少女抱成一团，大约有四十个年轻女孩在码头上放声痛哭……

一个男人大喊："我们宁死也不上这艘船……我们是中国人，不可以算我们是日本人……"

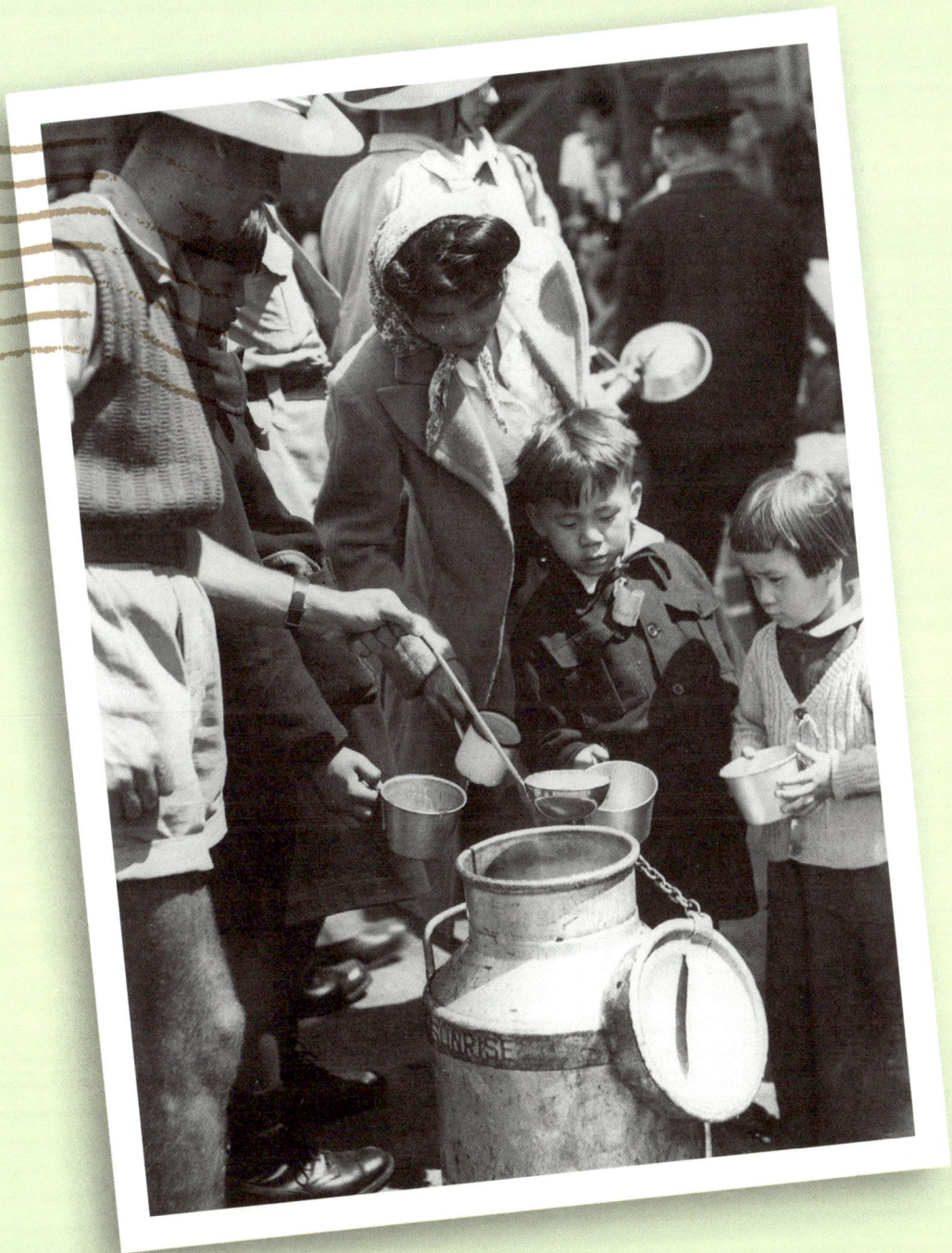

1946—

回家

美君和丈夫在一九八七年到欧洲游玩，和德国的亲家见面。两对夫妻坐在法兰克福老城的餐厅里，看着窗外开始飘雪。不怕冷的年轻德国妈妈们推着婴儿车，在雪地里走来走去，美君盯着看，说："德国宝宝的脸真的红得像苹果一样。"

婆婆玛丽亚正在解释坐在身旁的丈夫是第二任丈夫，因为第一任丈夫去打仗，最后一封家书来自列宁格勒的战场，后来的阵亡通知书也发自苏联战场前线。战后，她变成带着两个小孩的寡妇。

"那……"美君转向玛丽亚的丈夫，说，"你很了不起啊，愿意娶一个寡妇带两个小孩。"

玛丽亚的丈夫笑着说："没特别了不起啦。一九四六年的德国，满街都是寡妇和小孩啊，男人几乎都没了。还有成千上万的年轻男人被关在苏联的集中营里，好不容易回到家乡，只看见废墟……"

逃 亡 包

在一个家族聚会的晚上，刚好地震，大楼上下摇晃，书架上的书本都掉了下来。惊吓之余，没人敢再回到床上，干脆拿出高粱酒来，坐一起守夜。有人说，也许应该准备一个"逃亡包"，放在床头，随时拎起来就可以跑。

但是"逃亡包"里头该放什么东西呢？老大笃定地说："水，当然是水。有水就可以在废墟之下多撑几天。"

众人七嘴八舌，一人说一件东西：

手电筒！蜡烛！打火机！巧克力！雨衣！护照！钱包！身份证！手机！计算机！

这时，美君将近八十岁的老伴，大家以为他垂着头已经在沙发里睡着了，突然抬起头来，很认真地一个字一个字说：

毕—业—证—书！

大家笑成一团。老爸真的被战争吓怕了。是的，国破山河在的时代里，在战火狰狞的路上，多少人毕业证书被火烧了、被水浸了、被土埋了、被血糊了，此后无法证明自己，终生潦倒。

奶奶你呢？奶奶你放什么到逃生包呢？

美君认真地说：

那还用说，一定放一张全家人的照片啊。

1950—

亲爱的温暖的手

我们开车从伊斯坦布尔沿着黑海海岸往北走。冬雪反射带着寒意的阳光，照亮了黑海金色的海面。伊斯米给我上地理课：

就这样沿着海岸再往北走，就是保加利亚，然后是罗马尼亚，从罗马尼亚往右转，就是乌克兰。我爸打朝鲜战争回来就是从乌克兰转回来的。

我大吃一惊：

你爸打朝鲜战争？有没有搞错？土耳其人打朝鲜战争？

伊斯米耸耸肩：

这是他跟我们说的呀。他去的时候，韩国在哪里都不知道。从战场回到伊斯坦布尔就加紧跟我妈做爱，我就出生了。

回到旅馆赶忙补做功课。原谅我无知，伊斯米。朝鲜战争，联合国组织了十六个国家派兵参战，四十一个国家认捐物资。那是一场在朝鲜半岛开打的世界大战。雪很深，埋着曾经亲爱的手。

一九五〇年六月二十五日朝鲜战争爆发。那时的美君，二十五岁，紧紧抱着五个月大的婴儿，神情焦灼，每天到码头上去找失散的丈夫。一个月前她才刚刚踉跄走下甲板，踏上高雄码头。烈日当头，人潮汹涌，她东张西望，不知道该往哪个方向走去。

让我喋喋不休

如果在你有念头、有思维的"有效时光"里，

我就跟你这样喋喋不休，

你用你明亮的眼睛看看我，那该多好！

　　我的茉莉花被蜗牛吃掉了。园艺师说，天黑的时候，黏答答的牛儿们都会出来，你就拿个手电筒照，一个一个逮捕。

　　"烤来吃？"我问。

　　他做出恶心的表情。

　　他送给我一株开着碎条红花的小树。等他走了，我就端了张椅子，坐在小树前，趁着夕阳温慢的光，仔仔细细地端详。

　　花形可真别致，一朵花像是美劳课上用剪刀剪出来的细丝彩带扎成一束，有如红色的穗条。马上查阅，神奇，这花的英文俗名竟然就叫"中国红穗花"。风一吹，细细的花穗就像彩带飞舞，也难怪叫红彩木。

　　红彩木，金缕梅科，也叫红檵木——慢点，枸杞也叫枸檵，难道它们是亲戚吗？可是枸杞是茄科，不是金缕梅科。

　　我一手拿着手机读数据，一手摸叶子和茎，一一比对。

　　"小枝条有锈褐色星状毛"，对。

　　"叶互生，叶片卵形，基部钝形，全缘或细锯齿缘"，对。

"花，三至八朵簇生小侧枝端"，对。

"苞片条形，长约零点三厘米"，对……

你不懂

认识一株植物，我像关西摸骨师一样一节一节摸下去。然后开始走神，突然想起什么，就对着红彩木笑出声来。以前的你，在一旁帮我浇水，这时会说："那是棵什么树？你又在笑什么？"

我可能不会理睬你，因为，没什么学问的你，我想的，你反正听不懂，说起来好麻烦啊。你习惯了我的懒于回答，自顾自就继续浇水。

我认识到我的问题了，美君。

安德烈小的时候，对我问个不停。

鹦鹉身上的颜色从哪里来，为什么不像我的裤子一样
会掉色？

花为什么会香？

我从哪里来的？

为什么狗狗有毛，我没有？

天为什么蓝，草为什么绿，星星为什么不会掉下来？

蜜蜂跟苍蝇是不是兄弟？

　　没有一个问题是容易的，可是我回答又回答，答不出来的，就把百科全书插图本找出来，跟他趴在地板上按图索骥，上天下海地把答案找出来，说明白，没有一个时刻觉得"你反正听不懂，说起来好麻烦"。

　　我自己小的时候，如同任何一个儿童，势必也曾经不断地问你：

　　军舰为什么是灰色的？大船下面为什么涂红漆？
　　眼泪为什么咸，蜂蜜为什么甜，杧果为什么酸？
　　鞭炮为什么是一串，毛线为什么是一团，棒冰为什么
是一支？
　　为什么是海鸥冲下去吃鱼，不是鱼跳起来吃海鸥？

　　你也曾经不厌其烦地回答又回答，每一个回答都会引出另一个发问。你一边招呼米杂货铺里头茶叶鸡蛋铁钉的客人，一边回答那喋喋不休的我。

　　但是后来，孩子长大了，他对父母的频频发问只觉得一个字，烦。养儿育女的人是否早就知道，当初做牛做马让儿女受高等教育，最后会换得他们从高处俯视你，不耐烦地对你说"哎呀，你不懂啦"？

　　此刻，我在阳台这一头与红穗花相对而坐，扑哧一笑，你坐在阳台那一头，柔弱地垂着头，监禁在自己的空旷里。

　　你塞着耳机，给你放的是绍兴戏。让你听乡音，或许能安定你惶惑

不安的心，或许能勾回你断了线的记忆，使你不觉得世界那么荒凉；或许乡音和少年时的音乐是一条温柔的绳索，勉强能拉住你，让你不至于直直坠入孤独的深海。

你静悄悄地坐在那里，我看见的是你驼着的背和白发。此刻我真正渴望的，是你突然转过头来认真、专注地看着我，问我"这是什么树"，问我"为什么树会开花"，问我"红彩木和枸杞是不是姊妹"，让我跟你喋喋不休、喋喋不休，把这一辈子曾经因嫌弃你不懂而不想跟你说的话，好好从头说一遍。

七天七夜竹

好，那么就让我告诉你我刚刚为什么突然发笑。在我盯着红彩木的时候，我想到五百多年前有个读书人，叫王阳明，阳光的阳，明白的明。他从朱熹那儿知道"致知"必须透过"格物"。二十一岁那一年，有一天他看到院子里有竹子，就请一个好朋友先过来"格竹"。你知道，"格"，就是彻底搞清楚的意思。

那个朋友跟我刚刚一样，端了个椅子坐在那丛竹子前面盯着看，看了三天三夜，什么体会也没有，反倒病倒了。

接下来王阳明自己搬了条凳子守在竹子前面。他呀，盯了七天七夜，结果当然是，病倒了。夜凉霜重，我猜王阳明得了重感冒，流着鼻涕打着喷嚏回房倒下。

最有意思的是，王阳明因为格竹格不出什么深奥的大道理，对尊敬的老师朱熹感觉失望，反而开发了新的理论，就是，原来知识不需要依靠外求，大千世界全在一心之内。他因此开创了心学。

其实，朱老师说的是，"众物必有表里精粗，一草一木，皆涵至理"。你想想，要了解竹，该做什么？亲手去挑，你就认识了品种学。亲身种下，你就明白了土壤学。观察、记录它每天的成长，你就了解了植物学。把叶子取下，放到显微镜下面审视，发现叶上有虫，你就进入了植物病理学。对吧？

可是王阳明把朱熹的"至理"认知为圣人的道理，而不是外在客观的知识，所以他只是搬了个椅子盯着看。丁肇中笑说，"这位先生明明是把探察外界误认为探讨自己"，知识不是袖手旁观来的。他说，到今天中国学生都倾向于坐着动脑，不喜欢站起来动手，就是王阳明思想的影响。

哦，丁肇中就是那个得到诺贝尔奖的物理学家。在日内瓦时，我们曾在美丽的日内瓦湖边吃饭，很可爱的人。

你还有兴趣听下去吗？

我坐在那红彩木前，其实是一心多用的。一面用手在给红彩木做"体检"，认识它的树形、叶形、枝形、花序、花瓣的质地，同时脑子里流过很多很多的念头。我相信你也是。譬如我们读书时，你每天早上五点钟就摸黑起来帮我们做便当，手上在做便当，你的脑子里一定是千头万绪在转动——要到哪里标会把学费凑足，老大不爱读书怎么办，台风把屋瓦吹跑了，养猪补贴点家用如何……

心

坐在红彩木前，我的思绪转到王阳明的一次郊游。他一个朋友指着峭壁岩石里长出来的一株花树，故意挑战，说，你老兄总是说"天下无心外之物"，但是你看这一株花朵盛开的树，长在深山峭壁，它在深山中自开自落，跟我的"心"有什么关系？

王阳明就回答：

> 你未看此花时，此花与汝心同归于寂；你来看此花时，则此花颜色一时明白起来，便知此花不在你心外。

你知道这多有意思吗？"心"这个东西，究竟是什么，到今天科学的发展如此进步，人类其实还搞不清楚。哲学家和神经学家吵个不停。神经学家说，什么心，不过就是那一团黏黏糊糊的软肉，叫作"脑"，里头埋着很多神经，主导人的感情和思维。哲学家说："那你告诉我，如果把脑神经全部复制了，做出来的就是'人'吗？你敢称它'人'吗？人工智能即使做到百分之百——你敢叫它'人'吗？除了布满神经的那一堆你称为'脑'的东西之外，还有你看不到、摸不着的东西，叫作'心'……"

你还听吗，美君，我可以继续说给你听吗？

然后我就想到庄子，和一个法国人，叫作笛卡儿。庄周梦蝶你是知道的。他梦见自己是一只蝴蝶，醒来之后问自己说，到底是我这个人在梦里变蝴蝶，还是倒过来，其实我是蝴蝶，梦见我是人，而我现在其实走在真我——蝴蝶——的梦里？

庄子在问的当然不是蝴蝶不蝴蝶，而是人的存在本质究竟是什么。笛卡儿比王阳明晚生一百多年，他想破头的问题是：我怎么证明我存在呢？折腾多年最后找到答案了，他说，我有念头，就证明我有思维，有思维，就证明我存在。

然后呢，美君，我在检查红彩木的穗花瓣的时候，回头看了你一下，想看看你的耳机是不是被你扯下来了，然后我的念头就转了方向：如果有念头，有思维，证明我存在，那么倒过来问：当我没了念头，没了思维，是否就证明了我的不存在？

可是，没了念头和思维，就是我死了，没有一个死人会站起来跟你宣布"我死了"，这件事逻辑上不可能发生，所以"存在"可以证明，但是"不存在"无法证明，对吧，美君？诡辩家可以说，人是永生的因为他永远不能宣称他不存在。

回不去

我走到你身旁，跪在地板上，摘下你的耳机，塞进我自己耳里，听听看声音是不是正常；我不知道你是不是真的在听，是不是真的明白这是"越剧"；你知不知道你的女儿在你身旁？老实说，此刻的我有点微微的悲伤，跟你从红彩木说到王阳明说到笛卡儿说到神经学——如果在你有念头、有思维的"有效时光"里，我就跟你这样喋喋不休，也不管你是不是听得懂，而你用你明亮的眼睛看着我，那该多好！可是，怎么就回不去了呢……

有时

那么，何必迟疑呢？

每一寸时光，都让它润物无声吧。

　　我的书桌面对着开阔的阳台，阳台上色彩闹哄哄的九重葛和华丽的扶桑盛开，肥猫趴在花丛下，不，它不是趴着的，它是仰躺的，叉开两腿，四脚朝天，摊开它白花花的肚子，晒着太阳。

妹妹

　　九十三岁的美君坐在我书桌的旁边，正面对着我。她的头发全白，垂着头，似乎在打盹。为了不让她白天睡太多，这时我会离开书桌，把玫瑰水拿过来，对她说，来，抬头，不要睡，给你香香，喷一下喔。然后喂她喝水，是泡好凉过的洋甘菊茶，用汤匙一匙一匙喂，怕她呛到。

　　她睁开眼睛，顺从地一口一口抿着水。我听见自己说："张开嘴，很好，妈妈，你好乖。"

　　记忆在时光流转中参差交错，斑驳重叠。年幼的我，牙疼得一直哭。美君切了一个冰梨，打成汁，让我坐着，一匙一匙喂着我，说："张开嘴，很好，妹妹，你好乖。"

美君自己曾经是个"妹妹"。她说，那一年，采花的时候摔到山沟里去了，从坡顶一路滚下去，被荆棘刺得体无完肤。奶奶抱着她，一面心疼地流泪，一面哄："妹妹，不要怕，妹妹，不要怕……"

从三岁的"妹妹"走到九十三岁的"妈妈"，中间发生了什么？

姐姐

美君早期穿的是素色的棉布旗袍。蹲下来为孩子洗澡的时候，裙衩拉到大腿上去。光溜溜的孩子放在一个大铝盆里，洗澡水是接的雨水放到台湾南部的大太阳里晒热的，晒了一整天，趁热给孩子洗澡。

旗袍是窄裙，孩子的手不好拉。后来，当我长到她的腰高时，她随俗也开始穿起当地农村妇女喜欢的洋装，裙摆宽幅，还有皱褶，让我很方便地紧抓一把裙角，跟着上市场。市场里卖鱼的女人，拿着刀，台子上一摊血水，她刀起刀落，高兴地说："妹妹，叫你妈妈买鱼吧，吃鱼的小孩聪明，会读书。"

"妹妹"，在台湾发音为"美眉"，就好像"叔叔"是"鼠叔"，老伯伯是"老杯杯"。音调扭一扭，把老人孩子包进一种亲昵宠爱的感觉，就好像用绒毯把一个婴儿密密实实地包起来一样。

理直气壮地当美眉，被父母宠爱，被邻居喜欢，被不认识的大人赞美："你看这个美眉，多乖啊，讲闽南语讲得那么轮转。"

习惯了走到哪儿都被称为"美眉"，有一天，有人在后面叫"小姐"，我没有回头，然后他不得不用暴喝的声音叫："小姐，你的钱包掉了。"

小姐？谁是小姐？

然后又有一天，大街上碰到什么人，带着一个五六岁的孩子，她说："来，叫阿姨。"

我像触了电。谁，谁是阿姨？

不知道发生了什么事情，没有任何警告或者预暖，接下来就更蹊跷了。站在水果摊前面，卖水果的男人找钱给我，然后对着我的背影说："老板娘，再来喔。"

老板娘，谁是老板娘？

在北京熙来攘往的街头，听见有人说"那个穿球鞋、手里拿着书的大妈……"时，我已定如泰山，冷若冰霜了。

可是事情还没完。

不知道什么时候开始，好像同时，这个社会一觉醒来，发现叫"老板娘"或"大妈"不如叫"大姐"或"姐姐"来得有效，突然之间，不管走到哪里，那卖鞋子的、卖衣服的、卖保养品的，那卖花的、卖菜的、卖猪肉的，好像昨晚都上了同一个培训班，天一亮，全城改口叫"姐姐"。

我愣了一会儿。姐姐，谁是姐姐？

叫"姐姐"比前面的都来得阴险。改名里头藏着原有的俯视、蔑视，却又以假造的亲昵来加以掩饰。看着一个脸上胶原蛋白发光的小姐冲着我叫"姐姐、姐姐，这个最适合你了"，我莫名其妙联想到鲁迅的《狂人日记》：

> 今天全没月光，我知道不妙。早上小心出门，赵贵翁的眼色便怪，似乎怕我，似乎想害我。还有七八个人，交头接耳的议论我，又怕我看见。一路上的人，都是如此。其中最凶的一个人，张着嘴，对我笑了一笑；我便从头直冷到脚跟。

我在想，我是不是生了什么病，自己没感觉，或者，是不是我的外形变了，使得人们对我有奇怪的反应？

人瑞

后来，一个四十年没见面的大学同学来看我。四十年没见，她坐下来就开始谈养生和各种疾病的防护，从白内障、糖尿病、乳癌、胰脏癌、老人痴呆，一路说到换膝盖、换髋骨之后的复健，谈了一个小时。这时，有人带来了她的小孙子。同学把孙子抱过来，放在膝上对着我，教孙子说："叫，叫奶奶。"那头很小、长得像松鼠的孩子就奶声奶气地叫了一声"奶奶"。

这一叫，我就看穿了前面的脚本了。从"妹妹"篇到"姐姐"篇，从"阿姨"篇到"奶奶"篇，接下去几个人生章节，会是"太婆"篇、"人瑞"篇了。

推着轮椅带美君出去散步的时候，到了人多的地方，婆婆妈妈们会好奇观赏，有人会问："她几岁？"

有点火大，懒得啰唆，我干脆说："今天满一百零三岁。"

众人果然发出惊呼，对人瑞赞叹不已。大胆一点的，会把脸凑近美君的脸，用考古学家看马王堆出土女尸的眼光审视美君脸上的汗毛和眼皮，然后说："嗯，皮肤不错，还真的有弹性。"

每一个回合，都在提醒我：翻到下一章，就是我自己坐在那轮椅里，人们围观我脸上的汗毛了。

空椅子

太婆、人瑞的布局，其实一直在那里等着我，只是当我在发奋图强准备联考的时候，当我起起伏伏为爱情黯然神伤的时候，当我意气飞扬、闯荡江湖的时候，从来不曾想到，在那最后一幕，台上摆着一张空椅子，风声萧瑟，一地落叶，月光凉透。

谢谢美君，她让我看到了空椅子。

因为看到了，突然之间，就有一双清澈的眼睛，从高处俯视着灯光全亮的舞台上走前走后的一切，也看得见后台幽暗神秘的深处。

214

有时

此刻的我，若是在山路上遇见十七岁第一次被人家喊"小姐"而吓一跳的自己，我会跟她说，小姐，我不是巫婆，但是我认识你的过去，知道你的未来。那边有块大石头，我们坐一下下。我跟你说。

你以后会到欧洲居住，你会痴迷地爱上一种阿尔卑斯山的花，叫作荷兰番红花。番红花藏在雪地下面过冬，但是，冬雪初融，它就迫不及待冲出地面。番红花通常是紫色，或浓艳，或清淡。最特别的是它的香气，香得有如酿制的香水，那浓郁幸福使得冬眠中的蜜蜂一个一个忍不住醒来，振开翅膀就寻寻觅觅，循香而飞。

你会看见，在欧洲，三月番红花开，四月轮到淡紫的风信子、金色的蒲公英、缤纷多色的郁金香，五月是大红的罂粟花和雪白的玛格丽特。你会发现，原来，春天是以花来宣布开幕的。但是花期多么短暂，盛开之后凋谢，凋谢之后腐朽，而蜜蜂，在完成任务以后，也会死亡。很快，下一年的雪，又开始从你头上飘下。在寒冷的北方，你尤其能亲眼看见、听见、闻到、摸到生命的脉搏跳动。

润

你还没有读过《圣经》，但是你很快会把《圣经》当小说和诗来读。你会在一九七一年的四月十三日下午四点，在成功大学的蔼蔼榕树下，读到《传道书》第三章时若有所思地停下来：

215

凡事都有定期，天下万务都有定时。

生有时，死有时；栽种有时，拔出所栽种的也有时；

杀戮有时，医治有时；拆毁有时，建造有时；

哭有时，笑有时；哀恸有时，跳舞有时；

抛掷石头有时，堆聚石头有时；怀抱有时，不怀抱有时；

寻找有时，失落有时；保守有时，舍弃有时；

撕裂有时，缝补有时；静默有时，言语有时；

喜爱有时，恨恶有时；争战有时，和好有时。

"有时"的意思并不是说，什么都是命定的，无心无思地随波就好，而是，你要意识到："天下万务"都是同时存在的。你的出生，和你父母的迈向死亡，是同时存在的；你的青春，和你自己的衰老、凋零，是同时存在的；你的衰老、凋零，和你未来的孩子的如花般狂野盛放，是同时存在的。你的现在，你的过去，和你的未来，是同时存在的。

如同一条河，上游出山的水和下游入海的水，是同时存在的。

因此，如果你能够看见一条河，而不是只看见一瓢水，那么你就知道，你的上游与下游，你的河床与沼泽，你的流水与水上吹过的风，你的旋涡与水底出没的鱼，你的河滩上的鹅卵石与对面峭壁上的枯树，你的漂荡不停的水草与岸边垂下的柳枝，都是你。

因为都是你，所以你就会自然地明白，要怎么对待此生。上一代、下一代，和你自己，就是那相生相灭的流动的河水、水上的月光、月光里的风。

那么，何必迟疑呢？每一寸时光，都让它润物无声吧。

淡香紫罗兰

那个抽屉，打开真难。

以六十年沉甸甸的光阴打造的一把锁，

你用什么钥匙去开？

你们结婚几乎五十年，我想问，爸爸有没有跟你说过"我爱你"？五十年中有没有说过一次"我爱你"？

相信没有。你们这一代，以及之前一代又一代，不依靠语言来表达爱。

妈妈

最近跟两年不见的郝柏村先生吃午饭。他即将满一百岁，但是每天去游泳，神清气爽的。看人的眼神透着一种锋利——当锋利里头酿着一百岁的江湖智慧时，你可以想象那锋利不是短打钢刀，而是切墙割壁的水刀了，谁也别想唬他。他还会跟你"脑筋急转弯"，带着狡狯的笑容，突然抓住你上一句话的毛病，戳你一下。倒是他曾经担任台北市市长的中年儿子在身旁，自觉有责任照顾老爸，显得那么老成持重。

郝先生为我描述他的成长经历。少小离家，好几年见不到父母，在烽火连天中，跋山涉水、九死一生赶到了家门口。

"谁来开门的？"我问。

"妈妈。"

"妈妈说什么？"

我想的是：妈妈会哭倒在地吗？妈妈会说"我的儿啊"泣不成声吗？妈妈会激动得昏死过去吗？

"没说什么，"他说，"就是开了门让我进去。"

我还记得另外一个妈妈。一个台湾乡下的少年，二战时被日本人送到印度尼西亚的丛林里当俘虏营监视员，战后被国际法庭以战犯罪先判死刑，后来改判十年徒刑。在三年的丛林战场、十年的异乡牢狱之后，从东京一路颠簸，到了家乡小镇的火车站。

"有人来接你吗？"

九十多岁的他，摇摇头。

他从火车站独自一人凭记忆找到老家。在祖宅晒谷场上看到头发已经白了的瘦小的母亲。

"妈妈说什么？"

"伊指着三合院的一侧，"老人回答，"你去住那个房间。"

"那……你呢？"

"我……我就去了那个房间。"

手绢

水满了，一定从瓶口微凹处溢出来，爱满了，却往往埋在一个被时光牢牢锁住的黑盒子里，虽然仔细看，盒子里可能藏着一枝淡香紫罗兰。

我记得一只抽屉，属于一个九十岁的男人。他事业成功，所以拥有大楼和名声；他让人尊敬，所以人们赞美他的人格风采。他有一只抽屉，没有人会去打开。

可是有一次，他在我面前，缓缓拉开这只抽屉。里头是一条陈旧的蚕丝手绢，一张岁月黄掉的纸，上面几行诗，墨迹斑斓。

这九十岁的年轻男子安静地说着那个曾经真实、有体温、有汗水的世界——满树梨花开时那海誓山盟的承诺，不知人间辛酸的阳光下那天真又放肆的笑声，萧瑟街头拥抱在一把雨伞下的甜蜜行走……赠他手绢的少女，也九十岁了，在远方过世。是因为刚刚接到消息，他打开了抽屉。

他曾经说过"我爱你"吗？

那个抽屉，打开真难。以六十年沉甸甸的光阴打造的一把锁，你用什么钥匙去开？

时辰

二〇一六年，我很喜欢的加拿大歌手诗人莱昂纳德·科恩过世，时间是十一月七日，八十二岁。我很惊奇。惊奇的原因你一定猜不到。

我惊奇的是，怎么，难道他有预知的异能？

死前一个月他才出新专辑，名叫《你想要更暗》。专辑的每一首歌，苍凉的声音唱的都是对生命的各种姿态的挥手告别，有的深刻，有的俏皮。《你想要更暗》仿佛是一个黑暗而温柔的死亡预告。

但这还不是我惊奇的原因。我惊奇的是，他青年时期的恋人玛丽安，小他一岁，三个月前才走。两个人二十世纪六十年代在希腊认识、相爱，共处的七年中，莱昂纳德为她写的情歌一首一首成为经典，传颂最广的歌就叫作《再会吧玛丽安》。

分手多年，男另婚女他嫁，咫尺天涯。二〇一六年，有人把玛丽安已经血癌病危的事告诉了莱昂纳德，莱昂纳德立刻传去一条短信：

> 玛丽安，我们终于走到了这个时辰——老，使我们的身体逐渐破碎，我很快就要跟上你了。我要你知道我离你那么近，近到你一伸手就可以摸到我。
>
> 我也要你知道我一直爱着你，爱你的美丽，爱你的聪慧，但是不必说吧，因为你其实很明白。此时此刻，我只

想跟你说：一路好走。

再会吧老友。我无尽的爱啊，一会儿路上见。

在玛丽安弥留的床榻边，朋友把莱昂纳德的短信念给玛丽安听。事后告诉莱昂纳德："在念到'你一伸手就可以摸到我'的时候，玛丽安伸了下手。两天后，过世。"

玛丽安是七月二十八日过去的，跟她说"我很快就要跟上你了"的莱昂纳德，十月二十日发表《你想要更暗》，十一月七日，在家里摔了一跤，就跟着去了。

美君，你对跟你牵手五十年的丈夫说过"我爱你"吗？如果都没有，你们是用什么暗号让对方知道你"无尽的爱"呢？

岔路

女性解放来了之后，天真无邪就走了。

现在的人善于怀疑，多半会想到，如果那个九十岁的年轻男子和那手绢温婉、诗墨存香的女子后来真的结了婚，他们要不早分手了，要不就咬牙切齿地白头到老、相守至死，但怨恨一生。而在弥留时说来世要牵手、让我神往了好几天的莱昂纳德和玛丽安，在现实里，相处了七年之后其实就无法再忍受彼此，匆匆逃离了爱的天罗地网。

所以，什么是爱呢？我看看身边的好朋友们，那穿着西装当官的、整天蓬头乱发埋头写稿的、站在台上讲课的、每天盯着股市指数或收视率的、每周认真细读《天下杂志》兼做笔记的、头发越来越少而肚子越来越大的、现实感越来越厚理想性越来越薄而午夜梦回又郁郁不甘心的……像黄牛推磨或松鼠跑笼一样，他们忙于事业和生活，但是在心里很深很隐秘的地方，是否也有一只抽屉，藏着淡香紫罗兰？

在读琼瑶的时代，不到十八岁的女生聚在一起，总有一些经典问题，譬如："应该嫁给你爱的人，还是嫁给爱你的人？"小女生们其实已经假设，"嫁给你爱的人"，就是选择爱情，"嫁给爱你的人"，就是选择生活。前者美丽浪漫但危险，后者安全稳定但，天哪，你会因无聊而死于非命。两条分岔路，没有交集。

有一次，你刚好抱着一大摞的尼龙渔网走进来，听见我们叽叽喳喳辩论，你说："孩子们，什么爱情？跟你们讲，人跟人只有利益交换，男女之间说穿了也是，哪有什么爱情。"

十六岁的我们怎能听这样的话，大家义愤填膺，纷纷反对，最火大的当然是我——我我我，竟然有这么一个俗气、市侩、没灵性、没理想的母亲，丢死人了。但是你说话时的语气很特殊，留在我脑子里。那是一种完全没有怨叹、没有负面情绪、纯粹冷静陈述事实的语气。好像在说："孩子们，地球哪里是方的？跟你们讲，是圆的。"

可是，美君，你二十岁那年，战争结束了，当那个二十八岁的宪兵连长骑着白马、穿着马靴出现在你面前的时候，你没脸红、没晕眩吗？

重锁

当然有的。只是，后来的人生，你们这代人就像虫蚁一样在巨轮的碾压下一日一日喘息着过了。爱的自由流动，爱的满溢流露，是不是也就变成石缝里的小草，不容易挣扎出来？你是不是要告诉我，石缝里钻出来的一根小草所含有的对阳光的热切，远远超过一束花园里剪下来的红玫瑰？

我记得每天早上你和父亲醒来以后在床上的絮絮低语，谈的都是生活的鸡毛蒜皮。我记得他带着你环岛游玩时一张一张相视而笑的照片。我记得你们吵架时的哭泣、和好时的委屈。我记得他卧病时你焦灼的神情、不眠的夜。我记得他的告别式上你凄楚无助的眼神、几乎无法站立的瘦弱。我记得你为他烧纸钱时，纸片像黑蝴蝶般飘上天空，你茫然空洞的张望。

没有"我爱你"，但这不是无尽的爱，是什么呢？

然后你什么都不记得了。

你不知道我是谁，你不记得他曾在。你坠入沉默的万丈深渊，在虚无中孤独游荡。我矛盾得很，美君。我有时候高兴你什么都不记得了，那么记忆的痛苦也就不碾压你了；但有时候，看见你的眼睛突然露出深沉的哀伤，我又心惊，会不会，没有记忆碾压只是表面假象，在你空洞眼神的背面，在你心里很深很暗的地方，其实有一只抽屉，虽然让时光上了重锁，里头仍旧藏着淡淡的紫罗兰香？如果是这样，那淡淡的香，就太苦了，令人心碎。

緊握她的手吧，
那親手掬水的模樣，
不會忘。

喂 鸡

美君喂鸡。她"咯了了咯了了"呼唤鸡的叫法都和本地人不同，带着浙江乡音。大大小小的来亨鸡开心地摆动翅膀从篱笆各方兴奋地飞奔过来。

美君不去办公室那边了，虽然她经常走到那边去读报纸。肚子太大，生产在即，喂鸡的时候，只能站着，像女神洒圣水一样，把饲料用力撒出去。

她若是真的走一段路去看报纸的话，那几天的消息，也都还是战争、流亡、枪毙。只不过，现在，一九五二年，她二十七岁，觉得自己已经历尽沧桑，什么都看过了。结论就是：人生是不必规划的，因为生命根本不在你自己手里。如果手里有钉子，就蹲下来钉好这排竹篱笆。如果孩子在身边，就紧紧地抱住他。如果橱子里有米，就好好煮这一锅饭。

这时已经有屋顶可以遮雨，但是战争发生在看不见的远方，枪毙发生在听得见的近处，至于流亡，不必说，她只要一闭眼，就历历在目。那泥泞凶险的深沟，那荒野中哭泣的小孩，那仓皇失措一路喊叫某个名字的母亲，那两眼空洞瞪着天空的尸体，那无边无际深不见底的恐惧，那没有明天其实今天也不算数的放逐……

如果你已怀孕，就好好护住这即将出生的孩子。

中華民國四十一年一月二十一日

中央日報
CENTRAL DAILY

第八千四百九十九號

卅二萬流亡難民
正等待緊急救濟
——救總宣佈工作及計劃文件

向國際呼籲救濟

救濟大陸難胞
發揚民族精神
救總今起宣傳

央平

美機大舉襲北韓
一日內出勤八百二十五架次
美超空堡壘已改為夜間出擊
昨曾對北韓目標投彈十萬噸

西德對聯防所提條件

1952

大 寮 乡

一九八六年抱着半岁大的安德烈到高雄县大寮乡去找美君在一九五二年生女儿的房子。

三代四个人，半部二十世纪世界史。今天的安德烈指着这张照片对他伦敦的朋友这么说：

我的中国外公出生在第一次世界大战结束后，《凡尔赛条约》签订的那一年，刚好与我的德国爷爷同年。日本侵略中国，外公小小年纪就去了宪兵学校。希特勒要为德意志民族"雪耻"，征服欧洲，所以我的德国爷爷也上了战场。

我外公外婆后来逃难到台湾，就在这一间黑瓦的日本房子里生下我妈。哦，顺便说，把妈妈的父母称呼为"外"公"外"婆，我妈非常有意见，说是严重歧视女性，所以我和我弟从小都叫他们爷爷奶奶。我们的词汇里没有"外"这个字。

爷爷奶奶和他们大陆的家族就被台湾海峡给切断了。我看过我爷爷哭，谈到他留在大陆的妈妈时，痛哭。

我德国的爷爷整个家族在东德。一九六一年八月十三号，一觉醒来，柏林市中心突然出现一堵墙，他的家乡就变成敌国了。所以当我中国的爷爷奶奶和我德国的爷爷奶奶聊天的时候，很奇怪，他们好像完全不需要翻译。

为什么是日本房子呢？那是因为日本人在台湾殖民五十年，留下了很多建筑。榻榻米很好玩。小时候我妈每年带我们回台湾，躺在榻榻米上，一顶蚊帐放下来，美君奶奶跟我们一起躺着，在蚊帐里头讲鬼故事……她的乡音很重，可是，你知道吗？讲鬼故事，什么音你都会吓死……

232

1950——

乐 府

　　槐生离开家乡那年才十五岁。农村的孩子总是吃不饱，身材瘦弱，挑水的时候赤脚走在田埂上，沉重的扁担在他肩头，把他肩头压出一道肉沟来。他的母亲从茅屋里远远看着儿子，担心他掉到田里去，就扯着喉咙叫：儿子小心啊，小心啊。

　　当兵就像一片叶子卷进秋风里，天地茫茫。槐生七十年后回到他田埂尽处的老家时，已经是一坛骨灰。

　　在他的遗物里，我发现一本书。一本陈旧泛黄的书，纸张被体温和手心的汗水给摸透了、蒸熟了的一本旧书。叫《血泪神州行》，搜集了历代的战争离乱诗。

　　有一页夹着粉红色小标签，翻开来，是汉乐府：

十五从军征，八十始得归。

道逢乡里人，家中有阿谁？

遥望是君家，松柏冢累累。

兔从狗窦入，雉从梁上飞。

中庭生旅谷，井上生旅葵。

烹谷持作饭，采葵持作羹。

羹饭一时熟，不知贻阿谁？

出门东向望，泪落沾我衣。

　　美君说槐生连长爱哭；我想象他在这一页上恐怕是每读必哭。

234

雨　篷

　　一九五一年，台湾的财政收入是十六点八三亿元，其中百分之九十用在军费。人均收入是一百三十七美元。换成每天要过的日子，这是什么意思呢？

　　一个家庭通常有三四五六七八个小孩。过日子的方法是，男人需要同时兼几份工作，女人在家必须是发明家，她得懂得无中生有。找到一块地，就用竹篱笆圈起来，蹲下来养鸡，鸡蛋可以保障孩子们的基本营养。有左右邻居，就标一个会，算是地下储蓄，急难救助。附近有工厂，就去批一堆货驮回家——也许是圣诞装饰灯泡，也许是军服纽扣，也许是远洋渔船的渔网，也许是火柴盒需要贴上黏胶，也许是洋娃娃需要缝上黑色的眼睛。

　　偶尔几次，辛苦的大人决定奢华一下，把一家大小全部塞进一辆三轮车去看电影。下雨的话，篷前还有一张厚厚的遮雨塑料布，放下来，一家人就在风雨呼啸中融融然簇拥在温暖的茧内。

　　那戴斗笠的男人或女人，通常很瘦。他用全身的力气站在踏板上，佝偻往前，一脚一脚往下蹬。此刻他在风雨中奋力做工，家里也有三四五六七八个孩子正等着他带钱回家买菜。

独 立

小时候，有一种说法，到现在都还盛行：女孩子不要嫁台湾本省人或客家人，因为"外省男人疼老婆"，比较尊重女人。

怎么可能呢？所谓"外省"，来自大江南北，什么省份的人都有，他们原乡的风俗习惯，不会比台湾更开放。我慢慢琢磨出自己的看法。台湾的外省女人之所以显得特别独立，与她们的男性伴侣平起平坐，不是因为"外省"，而是因为"流离"。

流离，把他们从原乡的社会网络和宗族制约中连根拔起。面对生存的艰难，女人必须强悍自主，她不但要拉拔孩子长大，还要拉拔身边那个挣扎的男人在现实中求存。风雨飘摇时，离乡背井的男女夫妻没有土地可依靠，没有宗族的支持，只能相依为命，相互倚赖。他们的相对平等，来自于同舟共济的不得不。把外省人丢回原乡，所有传统制约的天罗地网都在，他们恐怕要原形毕露。

女人的处境，美君是很有自觉的。她下了船，很快就发现，台湾有二十万个养女，那是任人凌虐的女儿们，公婆奴役她，丈夫吆喝她，儿女轻视她，最后她带着残破的身心终老。男人在客厅在办公室做愚蠢的决定，女人在厨房在卧房隐忍不言，孩子的可爱与无辜像绑架一样使女人甘心。

美君无比坚定地对丈夫说：让女儿走自己的路。

我们这一代女性的独立自主，从来就不是自己一代的成就。美君那一代沉默的、柔弱的女人——屏东市场蹲着卖茼蒿菜的、台北桥下捧着玉兰花兜售的、香港茶楼里推车叫卖点心的、北京胡同里揉着面做大饼的，每一个忍让的、委屈的女人，心里都藏着一个不说出的梦：让女儿走自己的路。

男 朋 友 女 朋 友

台湾凌晨三点，是维也纳晚上八点。发一条讯息给飞力普：睡不着。你的论文进度如何？

不一会儿视讯来了，隔着万重山水但同在地球上的母子黑夜中对话：

飞：还有两三页结论就写完了。你的书怎样？

妈：在赶最后的修订，思如潮水，睡不着，想起安德烈七岁时，在街上踢球踢进了邻居的花园。我要他自己去按门铃取球，他死都不肯。这个七岁的害羞的孩子，现在是一个三十二岁的伦敦并购顾问。我在想，天哪，人生不是一场梦吗？再一个恍惚，我就是那个坐在轮椅里的美君，你和哥哥变成六十岁的我……这样想下去，觉得全身发凉，就再也睡不着了。

飞：人生如梦，你也不是今天才知道吧。还是要把每天都过好啊……

妈：明白的。所以我紧接着就在想怎么把运动习惯重建起来。

飞：其实蛮希望你有个男朋友的，可是我知道很难，你需要的个人空间那么大那么大。我想，孤独是作家的宿命，不孤独不会变作家。我很早就从你身上认识到一个真理：我绝对不要做作家。

空篮子

这世界上有一个女人，不知道为什么，曾经为我做了这些事：

头十年，每天省下自己的每一毛钱，为我无穷无尽地提供吃的喝的用的。

后十年，什么粗工都愿意做，为我筹学费。她的手上生了茧，因为日夜编织渔网。她无论如何要让我受高等教育。

我终于受足了教育，而且受的教育越高，我走得越远。她欢欢喜喜，目送我远行的背影。

这个关系很怪异；她究竟欠我什么呢？

然后她就老了。眼皮垂下来，盖住了半只眼睛；语言堵住了，有疼痛说不出来；肌肉萎缩了，坐下就无法站起。曾经充满弹性的肌肤，像枯死的丝瓜垂坠下来；曾经活泼明亮的眼神，像死鱼的灰白眼珠。她不曾享受过人生，因为她的人生只有为别人付出。

邻人送来一篮黄瓜，我们都还坚持要以萝卜装篮回报。这些送给我们"人生"的女人，我们拿什么装进篮子呢？

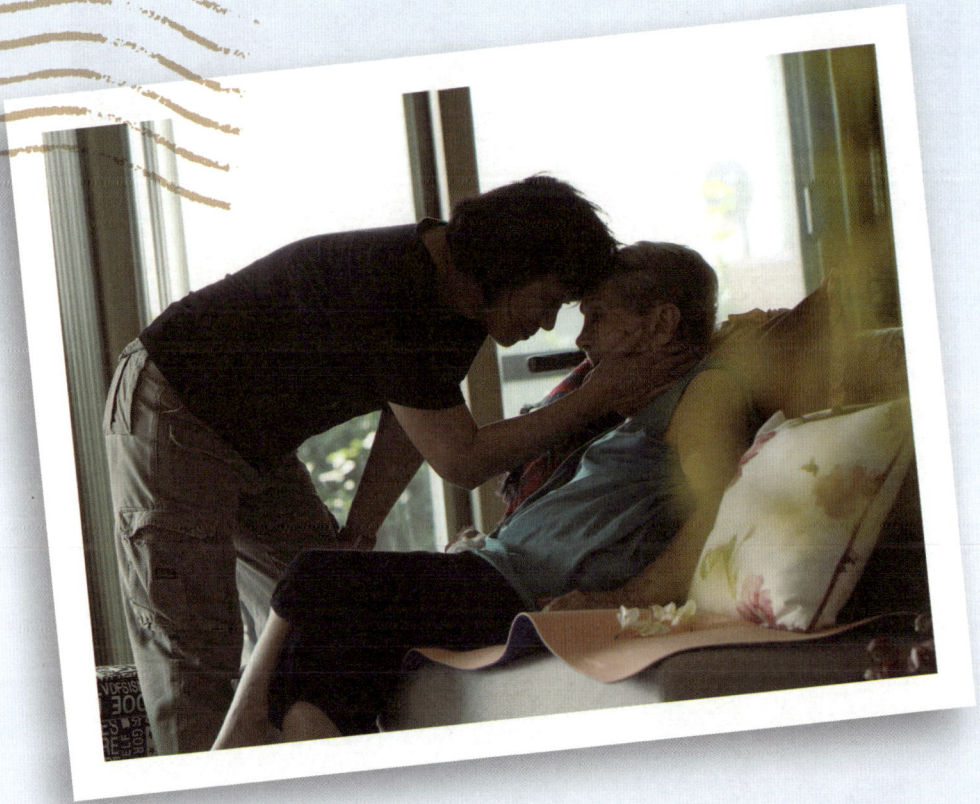

走路、洗碗、剥橘子

每一滴水滴落在手指之间，

每一丝橘皮的香气刹那间溅出，

每一次脚跟踩到泥土上感觉到土地湿润而柔软，

你都要全方位地去感知、观照。

　　如果我早一点开窍，早一点认知：所有的女儿都可以把母亲当作自己的女朋友看待，我会跟你说很多事情。譬如说，我会设法告诉你，你的女儿长大之后，变成了什么样的人。她怎么看世界，怎么想事情，怎么过日子。你用生命投资在她身上，她活得还可以吗?

　　如果可以重来一遍，我会少一点傲慢，少一点吝啬；如果可以重来一遍，我会认真地用我的语言跟你分享内心深处的事。

32,850格

　　你的女儿。她喜欢走路，健步如飞地快走。快走时脚下行云流水，城市的建筑、移动中的人车，仿佛时光隧道里快速倒带的浮光掠影。风吹得发丝不断飞进眼睛，车流轰隆作响，地面震动，有时候捷运列车刚好从头上呼啸而过，像宫崎骏的猫巴士在天空匆匆赶路。往往在这动荡、纷乱的节奏中她反而会想，生命的本质是什么。

　　"本质"是什么意思? 她边走路边跟自己说话:

如果凝视一株大树，本质是它不动不移的树干，还是它若即若离的花朵？

如果倾听一条河流，本质是那永远准备接纳的河床之空，还是那填满了河床却永远选择离开的河水？

如果你手里有一把尺，要去丈量本质，那么你是去丈量时间里头的无，还是时间里头的有？

这些抽象问题，哈，当然是解决不了的。本质看不见、抓不着，所以人们拼命把生命具象化，譬如，怎么样让"时间"变成可以理解、可以看见的东西呢？

网上还真的有一种日历在卖。它是一大张，画满了小格，一行是三百六十五个格子，总共九十行。换句话说，假定人活到九十岁，那么这一张32,850格的大纸，就是一辈子。挂在墙上，过一天，划一格，格子划完，这一生就走完了。

你的女儿在这个繁华的城市里穿街走巷，看见竞选者的宣传车队喊着口号迤逦而来，看见救火车拉着惊恐的警报呼啸而去，看见跛脚的女人坐在路边用细细的铁丝勾串白色的玉兰花，看见跟大厦齐高的巨幅广告在卖英国人设计的豪宅……这些，是不是本质呢？

有一个美国作家叫梭罗，曾经追问一样的问题，而后做了决定，搬到无人的森林里去独居。他说：

> 我走进森林，因为我要用心地活，我要与生命的本质
> 面对面。我要知道我是否可以从生命学到什么，而不是在
> 我死的时候，发现自己根本没活过。我不想过不是生命的
> 日子，因为生命太珍贵了；除非万不得已，我也不愿意随
> 便"算了吧"。我要深刻地去活，吸尽生命的骨髓；我要
> 过结结实实、斯巴达式的生活，排除所有非本质的事情，
> 我要彻底地剪除芜杂，把生命逼到死角，削到见骨。

你可能认为，女儿思考所谓本质的问题，实在很无聊。她会同意。
昨天走过市场，已是人潮散去，准备收市的时候。她看见卖剩的大白菜
被重新装回竹篓，一地都是剥落的菜叶。小时候常跟你去市场，总会看
见老婆婆们佝偻着腰，在地上捡拾这些剩下来的菜叶。对那蹲在地上卖
菜的人，对那弯腰捡剩菜的人，生命的"本质"，大概就在她酸疼痛楚
的关节里，在她屋漏夜雨的滴答声中。

但是，既然你已经给了她一个礼物，就是让她脱离了弯腰捡菜的生
活，那么她就自然会去思索"本质"的事啦。

恩宠

你的女儿还欣赏一个叫奥利弗·萨克斯的神经科医师，虽是医师，他却被《纽约时报》称为"医学界的桂冠诗人"。他可以从人脑的病理中看见哲学意义上的人的处境，又可以用文学的魔力把他看见的写成故事。

二〇一五年，八十二岁的萨克斯得知自己只剩下几个月的时间可活，他这样说：

> 我顿时觉得视野清朗。不是本质的事就不再给任何时间了。我必须聚焦在我自己、我的工作、我的朋友上。晚上不再看新闻，不再管什么全球暖化的政治和辩论了。这不是冷漠，这是超脱。我仍旧非常关心中东问题、暖化问题、贫富不均的问题等等，但这些都不是我的事了。它们属于未来。

在即将划完最后一格的前夕，他做了总结：

> 我不能假装不害怕，但我最真切的心情是感恩。
>
> 我爱过，也被爱；我收获满满，也付出少许；我读书、旅行、思考、写作，跟这个世界来往，一种作者和读

者之间特殊的来往。最重要的是，在这个美丽的星球上，我是一个有感知能力的存在，一个懂得思想的动物，单单这一点，已经是无上的恩宠和探险。

萨克斯写完这篇告别短文没多久就过世了。

你的女儿对生命有相似的感觉。因为你的慷慨赠予，她总觉得，生命里她所拥有的一切，都是一种"恩宠和探险"。

湖滨

有一次，她问一个好朋友，他是国际知名的科学家："你觉得你有和生命面对面吗？"

科学家几乎没碰到过任何人跟他提出这么"文青"的问题，他说："我没时间想这个问题；我只知道一件事：我会死在我的实验室里。"

寻找一个材料，探测一种物质，就是他准备填满32,850格的唯一的事情。

"但是，"她说，"你难道不觉得，到最后，你自己、你的家人和朋友，你自己对生活的认识和感受，才是最重要的？"她就跟他说了梭罗到森林湖滨去寻找生命本质的故事。

他静静听完，然后说："没问题啊，我的实验室就是我的湖滨。"

"不是吧？"她不放松，挑衅地说，"梭罗到湖滨是带着高度自觉去的，而你进实验室，只是一头栽进去，被一个念头，譬如得诺贝尔奖，被一件事，譬如发现新物质，所占满，忙到没有时间去想任何其他事情。你的生命里根本没有湖滨啊。"

"小姐，"科学家把旋转椅转过来，正面看着你那固执的女儿，说，"你读过一行禅师吗？"

读过的。一行谈的正是"自觉"的必要。

> 洗碗的时候，知道自己在洗。碗。
>
> 剥橘子的时候，知道自己在剥。橘子。
>
> 走路的时候，知道自己在走。路。
>
> 每一滴水滴落在手指之间，每一丝橘皮的香气刹那间
> 溅出，每一次脚跟踩到泥土上感觉到土地湿润而柔软，你
> 都要全方位地去感知、观照。

"如果我说，这种全方位的感知、观照，我在我的科学实验里都感受到了，"他眼里含着笑意，慢慢地说，"那么，你觉得我是不是和生命面对面了呢？"

行不行？

那天，她回到家，打开自己的日历本，开始想：嗯，我自己摊开的

251

32,850个格子，五分之三都划掉了，剩下不多，应该要倒数了；可是，什么是"本质"的事？

　　如果根本不去问这个问题，只是做，行不行？只是剥橘子、洗碗、走路，只是看着自己走路、洗碗、剥橘子，行不行？如果三万两千个格子里都是剥橘子、洗碗、走路，剥橘子、洗碗、走路——美君，你说行不行？

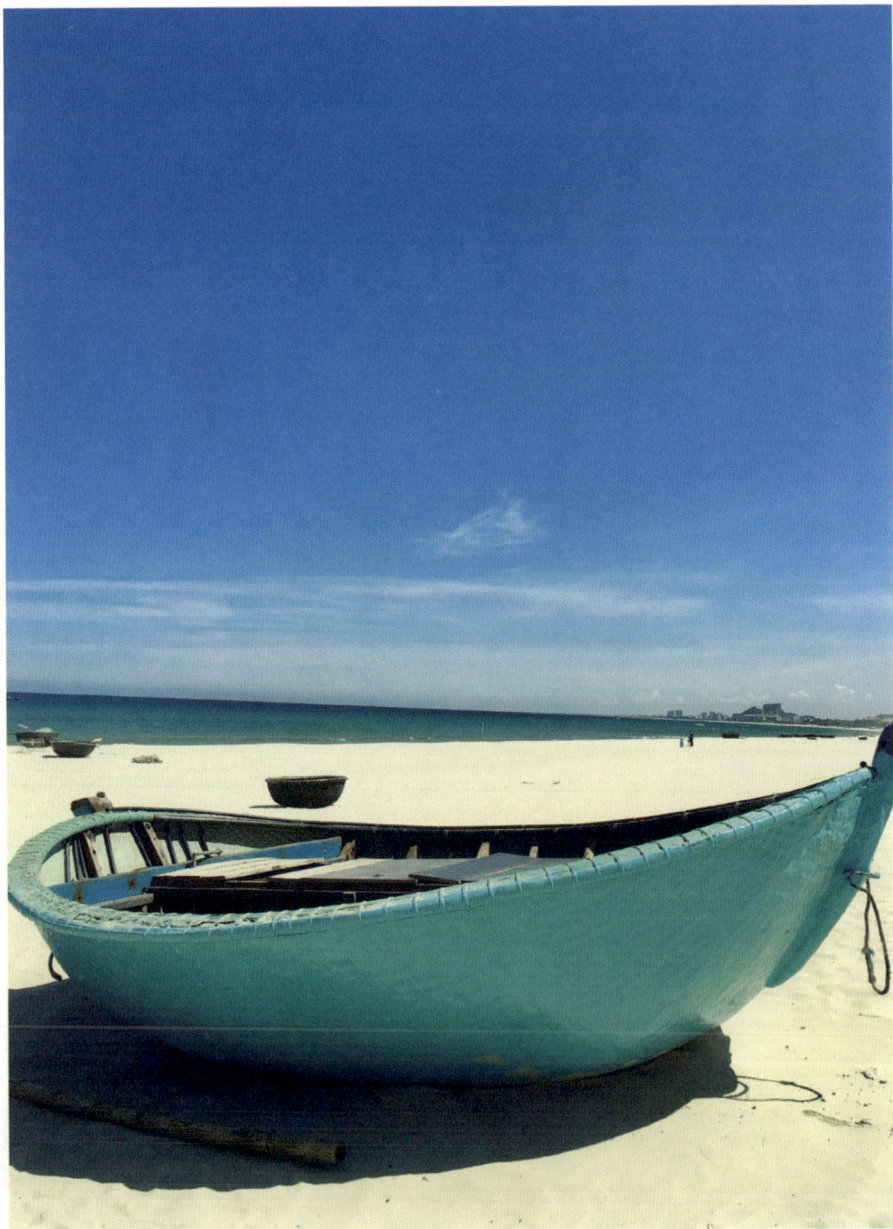

大远行

所有最疼痛、最脆弱、最纤细敏感、

最贴近内心、最柔软的事情，

我们都是避着众人的眼光做的……

　　前几天特别去了一趟银行。我对打着领带的秃头经理单刀直入："有什么手续我现在办理，可以让儿子们不需要我就能够直接处置我的账户财务？"

　　他露出疑惑的表情。

　　我耐心说明："就是，如果我明天暴毙了，他们如何可以不啰唆，直接处理我的银行账务？"

不方便

　　经理紧张地用手指头敲他的桌子，连续敲了好几下。这是美国人的迷信手势，谁说了不吉利的话，敲一下木头桌子，"老天保佑"，就可以避开厄运。

　　紧接着，他把食指竖在嘴唇，说："不要这么说，不要这么说。"我这才看到，经理嘴唇上留着一道小胡子，像一条黑色毛毛虫趴在那里睡觉。

接下来将近半小时的讨论中，他敲桌子敲了好几次。这个谈话很明显让他浑身不适应。每次我说到"我死后"，他就纠正我，"当你不方便时"。

结论就是，儿子已经被加入了我的账号共同拥有人名单内，所以当我"不方便"时，他们只要知道密码，就可以直接处置。

站起来要说再见时，他露出欲言又止的神情。我觉得蹊跷，问他："还有问题？"

动作快

他犹豫了半天，终于下了决心，说："我不该说的，但是……是这样，因为你是名人，我们一看到报纸说你不方便了，就会立刻冻结账户。"

他停住，只是看着我。

我脑子转了几转，说："你的意思是，我的儿子动作要快？在报纸披露我的死讯之前就……"

他尴尬得快晕倒了，支支吾吾嘿嘿嘿了几下。

回到家里，兴冲冲跟安德烈和飞力普视讯，详细地把过程说了，然后谆谆告诫："银行若是冻结了账户，你们可就麻烦了，所以你们动作要快。"

飞力普说："哎哟，谈这种事，我不要听。"

安德烈用福尔摩斯的冷静声调边想边说："妈，我有没有听错，你的意思是，要我们在你死掉的消息传出去之前，赶快去把你银行账户里的存款取走？"

我高兴地说："你好聪明。对啊，存款虽然不多，手续麻烦很大。我的意思就是，不要等到报纸都说我死了，你们在之前就去取款，留百分之十缴遗产税。如果等到银行冻结了账户，你们就还要飞到亚洲来处理，你们中文又烂，到时候没完没了。"

安德烈继续抽丝剥茧："所以，你一断气，我们两兄弟就直奔银行？"

我已经听出他的意思，惊悚画面也出来了，嗯，确实有点荒谬，但是，实事求是嘛，我说："是的。"

飞力普已经受不了了，插进来喊："我才不要。"

安德烈慢条斯理地说："这么做，你觉得全世界会怎么看我们两个？"

我没真的在听，我继续想象那个"不方便"的时刻，继续说出我的思索："其实，谁说一定要等到断气，早几天未雨绸缪不是更好，看我不行就先去银行吧……"

"妈，"安德烈大声打断我，说，"如果我们照你的指示去做，整个华人世界会认为你是'非自然死亡'，而且我和飞力普有嫌疑，你想过吗？"

临终

美君，你和我们也曾经那么多次"戏言身后事"。问你"要不要和爸爸葬在一起？"，你瞪一旁的爸爸，说："才不要呢，我要和我妈葬一起，葬淳安去。"

爸爸就得意地笑说："去吧去吧，葬到千岛湖底去喂乌龟。"

整个故乡淳安城都沉到水底了，这原来已经是美君的大痛，爸爸再抓把盐撒在伤口上，说："这就叫死无葬身之地，美君一定还是跟着我的哩。"

这么说着说着，时光自己有脚，倏忽不见。仿佛语音方落，爸爸已经真的葬在了故乡湖南，坟边的油桐树开过了好几次的花，花开时一片粉白，像满山蝴蝶翩翩。墓碑上留了一行空位，等候着刻下他的美君的名字。

小时候，朋友听到我们这样笑谈父母身后事，大多骇然。到现在，朋友们自己都垂垂老矣，这却仍是禁忌。不久前和一个老友说话，他九十五岁的母亲在加护病房里，问他，"妈妈说过身后怎么办吗？"

他苦笑着摇摇头："没谈过。没问过。"

安静了好一会儿，他又说："母亲唯一说过的是：不想死在医院里，想在家里。"

美国做过调查：百分之八十的人希望在家里临终，但是百分之八十的人都在医院里往生。现代世界最"违反人权"的应该就是这件事吧？朋友悲伤的眼睛流下了止不住的泪水，七十岁的老男人泣不成声："她唯一的愿望，我都做不到……"

医疗照顾，不得不在医院里，但是临终，为什么不能在家里呢？隐私，是人的尊严的核心，所有最疼痛、最脆弱、最纤细敏感、最贴近内心、最柔软的事情，我们都是避着众人的眼光做的：哭泣时，找一个安静的角落；伤心时，把头埋在臂弯里；心碎时，蜷曲在关起来不透光的壁橱里；温柔倾诉时，在自己的枕头上，让微风从窗帘悄悄进来。

请问，这世界上，还有比"临终"更疼痛、更脆弱、更纤细、更柔软、更需要安静和隐私的事吗？我们却让它发生在一个二十四小时不关灯的白色空间，各种穿着制服的人走进来走出去，随时有人可能掀起你的衣服，拉起你的手臂，用冷冷的手指触摸你的身体；你听不见清晨的鸟鸣，感觉不到秋天温柔的阳光，看不见熟悉的亲人，也闻不到自己被褥和枕头的香皂气息，但是你听得见日光灯在半夜里嗞嗞的电流声、心电图的机器声、隔邻陌生人痛苦的喘息声，你更躲不开医院里渗入骨髓的消毒气味，那气味在你的枕头里，在你的衣服里，在你的皮肤里，在你的毛发、你的呼吸里。

我们让自己最亲爱的人，在一个最没有隐私、没有保护、没有温柔、没有含蓄敬意的地方，做他人生中最脆弱、最敏感、最疼痛的一件事——他的临终。

启程准备

老泪纵横的朋友几天后就送走了他的母亲，在医院里。然后全家人陷入准备后事的忙碌。因为不曾谈过，所以还要先召开家庭会议从头讨论一番。

我和朋友去登大武山之前，大家光谈装备就谈了好久。拿着清单到登山店去买东西，老板还和我讨论每一件装备的必要性和品牌比较。出发之前三个礼拜，每个人都得锻炼肌力。我呢，则是找了一堆关于大武山的林相和植物的书，一本一本阅读。

第一次搭邮轮，邀请的朋友发来一个随身携带物品清单，还包括签证和保险的说明。搭过邮轮的亲朋好友也纷纷贡献经验谈。

第一次去非洲，给意见的也很多，去哪些国家需要带什么药，哪些疫区要注意什么事情，野生动物公园要怎么走才看得多，治安恶劣的地区要怎么避祸。

也就是说，远行，不管是出国游玩求学、赴战区疫区，还是往太空海上探险，我们都会做事前的准备，身边的人也都会热切地讨论。

还有些远行和探险是抽象意义的，譬如首度结婚——那不是探险吗？人生第一个工作——那不是远行吗？也都充满了未知，也都有或轻或重的恐惧和不安，但是我们一定会敞开来谈，尽量地做足准备。

那么死亡，不就是人生最重大的远行、最极端的探险？奇怪的是，人们却噤声不言了。不跟孩子谈，不跟长辈谈，不跟朋友谈，不跟自己谈。我们假装没这件事。

结果就是，那躺在日光灯照着的病床上面对临终的人，即将大远行、大探险，可是，我们没有给他任何准备：没有装备列表，没有心理指南，没有教战手册，没有目的地说明，没有参考意见。没有，什么都没有。

我们怕谈。

他要远行的地方，确实比较麻烦：非但凡是去过的人都没有回来过，而且，每一个去过的人都是第一次去。

这个大远行，没有人可以给他经验之谈，然而这又是一个所有的人都迟早要做的行程，所以其实每一个人都是关切的。目的地无法描述，并不代表"启程"的准备不能谈。登山店里的店员不见得登过大武山顶，但是店里头什么装备和信息都有。

因为害怕，因为不谈，我们就让自己最亲爱的人无比孤独地踏上了大远行的苍茫之路。

美君，我要跟安德烈打电话了——还没交代完……

昨天抵达苏黎世

鳟鱼和你一样，

总是想回到它出生的那条江。

　　你窗边的水仙，吐出青青的长条细叶，绰约可爱。上周在市场挑选，那些球根包在去岁的膜里，还沾着一层黏土，脏脏黑黑的一团，没想到几天的清水供养，球根润白如婴儿的肉拳头，衬着国画似的瘦叶，一片葱茏。过几天春节花开，黄蕊香袭，靡靡人间。

　　小时候的家，是没有花的。买米的钱都不够，谁买花呢？本地人会固定地初一十五买花供给祖先和神明，我们流浪的人家中没有神明桌，年岁艰辛，唯一看到美君买花，就是春节的水仙，放在桌上。我的头，刚好跟桌面等高，每天去看那圆形白色瓷盆里的神奇变化：重苞的球根如何逐渐裂开一条缝，缝里如何探出一丁点绿色的心，丁心成叶，叶中吐花，花的馥郁浓香，重重缭绕，缭绕在早晨的鞭炮声中，缭绕在穿堂走巷的恭喜声中，缭绕在餐桌上觥筹交错的呼唤声中，也缭绕在日间尘埃落定、你轻手轻脚为孩子们盖上被子的叹息声中。

　　后来在德国看到了欧洲水仙，先是惊艳——怎么花朵比中国水仙大了两倍；后是哑然——那是完全没有香气的花朵，就放心了。中国水仙，与土地的四季共养，与民间的日子共生，一泓清水为穷巷和豪宅献出一样的芬芳繁华，是国色，是天香，是妈妈亲手掬水的记忆，世上无花可比。

若莎

然后，就接到冰娜令人心碎的来讯："我们昨天抵达苏黎世。"

你记得冰娜吗？她是德国人，我在美国读研究所时的同学，你在高雄路竹养猪时，来过我们家。你说这德国女生的头发"怎么像黄金瀑布一样"。这个"黄金瀑布"，看见你下水采割牧草，也马上脱了鞋，卷起裤脚，穿上及膝胶鞋，我们一起嘻嘻哈哈涉进开满了野姜花的溪水。冰娜后来回到德国，在法兰克福一个左派报纸做编辑。岁月流光中，我们读博士，谈恋爱，不小心结了婚，生孩子，用力工作，进入初老；很少见面，但是一直互通讯息。

抵达苏黎世的"我们"，是冰娜和她八十五岁的母亲，若莎。一年前，若莎被确诊得了运动神经元病（MND），而且是肌萎缩性脊髓侧索硬化症，或说渐冻症。冰娜马上申请退休，搬回乡下和若莎同住。从那时起，我的手机里来自"黄金瀑布"的讯息，就是一个实境版病情发展报告：

星期天下午带若莎去看莫扎特的歌剧，她很开心。从

267

我们的座位看出去，全是白发的人头，她说，真奇怪，我年轻的时候，年轻人也都看歌剧啊，现在的年轻人在看什么？回到家给她一杯红酒，她拿着酒杯，很慢很慢地说"咽不下"，一脸抱歉的样子——我当下就哭了。我恨死我自己，我应该比她坚强的……

她每天拄着拐杖到花园里散步，顺便剪几枝红玫瑰回来给我，我总是插进那个在跳蚤市场从土耳其人那儿买来的花瓶。今天她进来的时候，没有花，她说：手指不听话……

若莎打破了一只碗。我走进厨房的时候，看见她坐在地上，背靠着冰箱，她坐在地上头抬起来看着我，就那样看着我，一句话不说。她的眼神，奇怪的眼神，真的让我非常非常害怕。

若莎渐渐不说话了。她低着头，好像头太重，脖子撑不起她的头。应台，你知道她在导演舞台剧的时候，是怎样跋扈的一个导演吗？演员说，她骂人的时候，像山洪暴发，声音大到剧院外面的狗都收起尾巴趴下。

晚餐时，她突然说话，说了很多，好像有什么事忘了交代，急着交代。问题是，天哪，我只能听懂一半她说什么。她已经不太能控制她的喉咙和口舌，她的语音含糊，咬字不清，我的好友啊，我的心裂开了。

她有很重要的话要跟我说……

鳟鱼

冰娜带若莎去的瑞士小镇，我去过。离苏黎世大概十公里，在半山腰，可以看见山谷里的灯火。那一年，从苏黎世的家开车过去，是为了看鳟鱼。

美君，你知道，鳟鱼和你一样，总是想回到它出生的那条江。它们即使到了大海里，即使离开它的原乡千百里，即使它的初江在海拔千百米的高原上，它也要游回去，让孩子出生在清净的原溪。安德烈和飞力普玩耍的小溪里，就常常看见鳟鱼洄游。顽皮的男童趴在溪边，眼睛盯着水面，用双手去捧游过的鱼，或者脱下长裤，绑住裤脚，用裤笼去捞。

这一带的小镇都是水乡，浅浅的水渠与石板马路平行。行人走路，鳟鱼就在行人的脚边一阶一阶往上游。我特地去看鳟鱼，却发现那水渠底盘太浅，鳟鱼往上跳得非常辛苦，几乎要搓破肚皮才能往上跃起。二〇〇四年，科学家正式发现，鳟鱼需要足够的水流，才能用自己的身体借力使力。几年前，这些小镇特别花了一大笔经费把水渠加深，水量因而加大，小镇长老们说："这样鳟鱼回老家，就有了尊严。"

这个小镇在一九九八年之后，突然开始来了些不寻常的客人，他们在找回家的路。

尊严

冰娜跟我说这事的时候，其实我已经知道一点。

今天推若莎的轮椅到花园里晒太阳。她要我摘一朵玫瑰花给她。她低头闻花香，然后很轻很轻地说，冰娜，带我去苏黎世。

她说得轻描淡写，我听得万箭穿心。你明白"苏黎世"的意思吗？

冰娜，我明白的。一个叫米内利的瑞士律师，在一九九八年成立了一个非营利机构——"尊严"，专门帮助患有绝症而求死心切的人自己结束生命。大多数的国家不允许协助自杀，瑞士也不允许，但是瑞士的刑法第一一五条是这么写的：

任何出于私利而诱导或协助他人自杀者，处五年以下徒刑。

意思就是说，只要不是"出于私利"，那么协助他人自杀就是合法的了。非营利的"尊严"就以会员制开始运作。交一笔会费，提出病历证明，若是得到核准，病人就在家人陪同下前往"尊严"。一切依法办事：医师开药；两次询问当事人是否决意执行；先服用一剂免于痛苦的药；最后由当事人自己服下"巴比妥"，半小时左右药发结束；警察以刑事案来做笔录；家人离开；机构负责所有的善后。总花费大概要五十万台币。

空白

我该答应她吗？我怎么能答应她？

她已经无法进食。

我该怎么办？我知道，瑞士法律规定，病人必须有自主意识，而且最后那杯药，必须她自己动手喝下，别人不能代。我知道若莎担忧，再恶化下去她就不符合资格了，因为她的手指快要全部不能动了……我怎么办？

在德国初次见到若莎的时候，她还不到六十岁。披着一头狂放的鬈发，纤细的身材在瑜伽垫上做下犬式，从腰身下面歪过头来看着我说，冰箱里有奶酪葡萄，自己拿来吃。晚上到废弃电厂改装的剧院去看她导演的现代戏剧。谢幕时，她赤脚从幕后走出来，对鼓掌的观众深深弯腰致谢，黑色的头发像瀑布一样垂下来，垂到舞台地板。

我不敢回复冰娜了，因为害怕。我蹉跎着，蹉跎着，晚上关灯前，打开手机再看一次她的讯息，写了几个字，又删除。想象冰娜一定有看见我"输入中……"，却又是一片空白。

　　傍晚推着美君在街上走。这是一排透天厝，华灯初上，但是三楼以上全是黑的。人们当时拼命挣钱买楼，买了三楼还要在屋顶上违法加盖一层。然而这些楼啊，眼睁睁看着老人凋零了，年轻人出走了，孩子稀少了，街上没有嬉笑追逐的声音。倒是在一个走廊里，一个小摊亮着两只电灯泡，悬在空中，随着冬天的风晃过来晃过去。女人在一块灼热的铁板上煎葱油饼，男人站在她后面就着一张简易折叠桌低头揉面。

　　叮一声，讯息进来。

　　　　我们昨天抵达苏黎世。

　　冰娜，紧握她的手吧。那亲手掬水的记忆，不会忘。

此时
此刻

每个人只有一个父亲、一个母亲。

父亲母亲也只会死 次，

所以父亲母亲的死，是独一无二的经验。

不会说，因为你经历过祖父母的死，

所以就"上过课"了。

—— 安德烈

妈妈你老了吗？

龙应台访问安安（八岁）、飞飞（四岁）

台北，1993年7月

龙：安安，你刚在台湾留了一个月，有什么特别深刻的印象？

安：嗯——台北的百货公司很大很大，玩具很多，漫画特别多，我最喜欢
小叮当，还有龙猫。（飞：台湾的儿童游乐区不好玩，没有沙坑。）

龙：简叔叔带你看了场棒球赛，觉得怎样？

安：没看过，有点看不懂，大家在喊"全黑打"的时候，我以为打球
的是黑人，原来是"全垒打"！观众叫得很大声，有一个人有点
三八，他拿着一面鼓，叫"象队加油"，又敲又打的。很好玩。还
有，散场了以后，哇，看台上满满是垃圾，没见过那么多垃圾。

龙：还有什么特别的？

安：在街上捡到一只九官鸟——（飞：九官鸟会吹口哨！）奶奶买了个
笼子把它装起来。爷爷说一定要送派出所，可是警察说，我们抓小
偷都来不及，还管你的鸟！所以就变成我们的鸟。九官鸟一带回家
就说："买菜去喽！"然后又对我说："靠妖！"现在我也会说
"靠妖"了。妈妈，下次我要在台湾学闽南语。

龙：好，安安，告诉我你妈妈是个什么样的人。

安：你不要问我，我只有坏话可说。

龙：说吧！

安：她很凶，总是管我，中午一定要吃饭，晚上一定要上床。写功课、刷牙、收拾房间……

总是管管管！她以为我还是个baby！她还会打我呢！用梳子打手心，很痛呢！

龙：有没有对你好的时候？

安：我不说。

龙：好吧，谈谈你自己。你将来想做什么？

安：恐龙化石专家。（飞：我要做蝙蝠侠。）

龙：不想做作家？

安：才不要呢！每天都要写字，一点都不好玩。家庭作业都把我写死了。

龙：你喜欢你弟弟吗？

安：不喜欢，他不好玩。而且他老欺负我。他打我，我打回去的话，妈妈就说大的要让小的。不公平。（飞：妈妈来帮我擦屁股——）

龙：你是德国人？中国人？

安：都是，是德国人也是中国人，可是不是北京人。北京人讲话儿不一样。

龙：愿意永远留在台湾吗？

安：才不要呢！台湾小孩每天都在上学上学……都没有在玩。

龙：想过如果没有妈妈的话……？

安：那就没吃的了，也没人带我们了。（飞：妈妈你老了吗？）

龙：安安，你爱我吗？

安：我不说。你真烦！

那你六十分

龙应台访问安德烈（三十二岁）、飞力普（二十八岁）

伦敦，2017年12月

龙：我的编辑有一组问题，希望我跟你们做个访问，就是你们眼中的妈妈。可以吗？

安：哈，可以拒绝吗？

龙：第一个问题：回想小时候，什么时候开始意识到，"我妈是个外国人"？

飞：小时候，好友圈里面，弗雷德是半个巴西人，阿勒是半个智利人，同学里还有韩国人、阿富汗人、伊朗人，住我们隔壁的是美国人，住后门的是荷兰人。我从来没有意识说我妈是外国人。

安：小时候，跟不同国籍的小孩一起长大，才是"正常状态"，所以从来没感觉我们有什么不同。如果一定要说有什么不同，大概就是在我们请小朋友来家里吃饭或者出去买菜的时候，你做的菜、挑的餐厅、买的食材，会跟别的妈妈不太一样。

龙：如果你们生长在一个没什么外国人的环境里，你们很可能不一样？

安：是啊，如果我生长在月球上，我大概不会呼吸，我会飘。如果我奶奶长出了胡子，她就会是我爷爷。

龟毛

龙：如果你要对朋友介绍你妈是个什么样的人，你会怎么说？

安：嗯……龟毛。对喜欢的事情、不喜欢的事情，很龟毛。

飞：我会说，超级好奇。

安：对对对，超级好奇。超级龟毛。

飞：你是我所认识的最聪明的人，但是同时又是一个非常……

安：非常不聪明、非常笨的人。

飞：对，就是这个意思。

龙：举例说明吧。

安：你不太有弹性。我说的不是你对事情的看法，这方面你很理性，很
　　宽阔。而是，譬如说，你对于跟我们一起旅行的安排有一定的想
　　象，一旦有了那个想象，就很难改变。如果改变，你就不开心。你
　　就不是那种很容易说"啊，又变啦？好啦，随便啦，都可以啦"的
　　人。你就不可能说，我们出去旅行十天，什么规划都没有，随遇而
　　安，随便漂流，你不喜欢。

龙：你不也是这样？

安：没有啊。我跟弟弟后天去意大利，就是走到哪儿就到哪儿。

龙：哦……还有例子吗？

安：太多啦。譬如吃的。马铃薯上桌，你不吃就是不吃。进一个屋子
　　里，你一定要开窗，要有新鲜空气。你要看见绿色植物，你要桌上

有鲜花。也就是说，在你的生活里，有些细节你很龟毛，很固执。而我们呢，譬如说吧，碰到一个烂旅馆，是个黑洞，哎呀，黑洞就黑洞嘛，一晚而已，无所谓啦。你会很气。这就是我们说你"龟毛"的意思。

龙：（不甘）可是，你们今天早上说要去植物园，后来又说天气不好不去了，我也没吭声啊……

安：那是因为你这回没太把植物园这件事放在心上，一旦放在心上了，不去你就要火了。

龙：……不公平。

安：你记得有一年圣诞节，飞力普在路上遇见了一个朋友，邀请他来家里晚餐，你大发脾气，记得吗？

飞：对啊对啊，我只是刚好在路上遇见他，顺口就邀他来家里跟我们吃饭，哇，你好生气。

龙：嘿，那是因为那天晚上是我们相聚的最后一个晚上，第二天早上我就飞了，你还突然把一个外人找来，我当然火大啦。

安：我正是这个意思。你有一个想法——"儿子跟我要相聚一个晚上"，然后一个插曲进来，你就没法接受。

龙：昨天晚上你不就突然邀请了一个朋友过来一起晚餐？我不是说很好吗？

安：那是因为我五个小时前就赶快跟你说了。不说，你又要不高兴了。

龙：喂，这不是正常礼貌吗？我们母子约好一起晚餐，突然要多一个人，本来就应该事先说，不是最正常的事吗？

安：可是，如果是我和飞飞约好晚餐，突然多一个朋友，我们完全可以让它发生，不必事先说的。你理解我们的差别了吗？

龙：（转向飞力普）你同意他的说法？

飞：同意啊。如果事情走得不像你预期的，你会很失望、难过。

龙：不是每个人都这样？

飞：不是每个人都这样。我们如果有什么事不太顺心，哎呀，就算了，过去了。你会不舒服好几个小时。

龙：所以你们对"龟毛"的定义就是——

安：对事情有一定的期待，如果达不到那个期待，就超乎寻常地不开心。

龙：好吧。那说说"好奇"吧。

好奇

飞：有一次我们走过法兰克福那条最危险的街，满街都是妓女跟吸毒、贩毒的人。有一堆人围在街角，应该是一群毒瘾犯，不知道在干什么。你就很高兴地说，我想知道他们在做什么，马上就走过去想看，还想拍照，你真的拿出相机，这时有一个大汉向我们走过来。我简直吓昏了。那个家伙边走边喊叫，你还一直问我，这家伙在说什么，太有趣了，我想知道他在说什么。这就是你好奇的程度。

飞：（转向安德烈）不过，安，我们说了那么多负面的批评，好像该说点什么正面的吧？她的编辑会抗议。

安：好奇就挺正面的啊。

飞：好奇到危险的地步。

安：好奇是好的呀。我想就是你强大的好奇心使你成为作家的吧。你碰到任何人，都有很大的兴趣，想知道他的上下三代历史，问很多问题。

飞：你到任何地点，都想知道那个地点的历史，人从哪里来，事情怎么会发生，为什么叫这个名字……

龙：你们不这样吗？

安：才不是。大部分的人会安于自己所处的安全泡泡里面，不想去知道太多的事，太累了。

龙：有具体例子吗？

飞：你才刚刚在大卖场买了一个按摩器……

安：什么按摩器？

飞：（一边说，一边止不住地呛笑）是这样的。妈妈搬到乡下去陪奶奶。她在乡下发现有很多大卖场，就是那种铁皮屋下面什么都卖的五金行兼百货店兼杂货店。有一天，她看到架子上挂着一个写着"按摩器"的盒子，上面的照片是一个男性生殖器。她觉得，怪了，大卖场里卖性用品，还堂而皇之挂出来，而且跟抓痒的耙子、梳头发的梳子、剪指甲的剪刀，什么跟什么的，就那样大刺刺挂在一起。她想说，小镇里，谁用这个东西？谁敢买这个东西？怎么可能？

为了真正知道这究竟是不是性用品，她就把这东西拿到柜台去，还真的买了。她也不怕店员会出去说，龙应台在小镇大卖场买按摩器！

她买回去，打开观察，发现还真的是做成男性器官那个外形。然后发现是坏的。放进电池也不动。一般人，到这里也就算了吧？不。

她把那东西又带回去大卖场，跟店员说："这是坏的。"

安：（笑倒在沙发里）天哪。如果我是店员，我就说："部长，是你使用不当，用坏的。"

飞：她想要知道店员的反应。

安：结果呢？

飞：结果，那年轻的女店员，也就把那个按摩器拿出来，换几个电池放进去试，还是不动，确定是坏了，就跟妈说，是坏了。

妈就问说，你们还会进货吗？

店员说，好像没人买。大概不会进了吧。

整个过程，就像是在处理一台果汁机。

龙：（笑倒在沙发里）我同时发现，每个大卖场都有卖瑜伽垫。觉得奇怪，难道瑜伽在乡下那么风行？不可能啊。

安：嗯，按摩器和瑜伽垫……

龙：我就问店员，这里的人买瑜伽垫做什么？你猜猜看答案？

安：……跟按摩器一起想的话，还真有点邪恶啊。

龙：她说，养大狗的人，拿瑜伽垫做狗的床垫。

飞："好奇"的证据够不够了？正常人，看到按摩器和梳子挂一起，也不会真的买回去，对吧？买回去，坏的，也不会还拿回店里去退，对吧？就为了了解一个按摩器的来龙去脉，你还真忙啊……

龙：好吧。我的"好奇"，让你们尴尬过吗？

飞：跟你走在路上，你看到什么都想停下来盯着看。我最尴尬的是，你还会伸出手去指，说，飞飞你看……真尴尬。

安：我也有过恐怖的经验。有一次在香港的地铁里，一对西方情侣或夫妻挤在前面。你就用德语跟我说，哎，我想知道他们是新婚还是恋爱中，反正，爱情难持久。你看他们现在相互依偎，谁知道下一次搭车的时候是什么光景。然后紧接着，我们就听见那两个人彼此在讲话，讲的就是德语。

龙：这我记得……还以为在香港说德语是安全的。

严格

龙：好吧。编辑还要我问：你们小时候的那个妈妈是个什么样的妈妈？

安：严格。

龙：（不可置信）严格？我从来不认为我是"虎妈"呀。

安：从来不买糖果给我们吃。不给我们甜的饮料。看电视时间一天不超过半小时。晚上九点以前上床。 还有，我印象最深的是，大概十三四岁吧，大家到朋友家去庆生，只是隔一条街而已，人家可以留到一两点，我十二点就必须回家。我是全班第一个必须离开那个派对的，所以印象很深。

飞：对我就不一样。我比你小四岁，她很公平，所以等到你大一点点，她放松一点的时候，我其实还小，但是跟你一样待遇。譬如说，当你被允许看电视看到晚上九点半，我也跟着享受"长大特权"，虽然我比你小，我赚到了。所以我并不感觉她严格。

龙：你在香港的时候，十四岁，我只有要求你必须搭最后一班地铁回家。

龙：你们就没有什么好话可以说啊？

安：你很慈爱，很温柔，很体贴。我觉得比大多数的人有更真诚的爱心。

飞：我也会这么说。我们小时候有很多的时间在床上，你说故事给我们听。每天晚上。

安：有一次在地下室的房间跟我们讲爱伦·坡，越听越恐怖，我们都躲进了被子里，还是想听。

龙：还讲了整个《三国演义》——

飞：不是啦，是《西游记》。

龙：对，《西游记》一百章，全部讲完。

安：都记得。

价值

龙：谈谈价值。有什么观念或者价值，你们觉得可能来自妈妈？

（两人突然安静，思考中……）

安：自由主义。

飞：独立思考。永远要追问事情背后的东西。

安：可是这不是"价值"吧？

飞：这也是一种价值啊。可能更是一种"态度"。

安：嗯，可以这么说。

飞：你教了我，不要不经思索就自动接受任何一种观念或说法。

安：我觉得你影响了我的是……慈悲。对人要有慈悲心。还有，很重要的。我觉得我们兄弟两个都是女权主义者。这来自你。

龙：第一次听你这样说。

飞：我看书的习惯来自你。不断地看书，终生看书，是你教我的。

龙：小时候常常带你们去小区图书馆借书，一袋一袋地抱回家。可惜的是，西方很重视儿童和少年文学的创作，书很多，中文世界比较不重视这一块。

　　飞，你说独立思考影响了你。记得什么例子吗？

飞：我小学上英文课很不顺利，总觉得学不好，也很不喜欢那个老师，成绩也差。有一次，我在家很痛苦地写英文作业，越写越不开心。你就过来看是什么作业。看了之后，你坐下来跟我说，这根本就是一个非常不合理的作业。你把那个作业不合理的道理详细分析给我听。我才知道，并不是老师交代下来的都是对的。

龙：你们认为和母亲有很好的沟通吗？

安：很好啊。我不见得会告诉你所有我的事情，但是我知道，我可以跟你谈任何事情，没有禁区，也没有局限。

飞：我有些朋友，是没有这种开放关系的。譬如他是同性恋这件事，就不能够让他妈知道。

龙：如果你们是同性恋，会告诉我吗？

安：会。

龙：如果你们吸毒，会告诉我吗？

飞：会。

龙：如果你们犯了罪，会告诉我吗？

飞：哈，要看犯什么罪吧。我十八岁那年和同学从阿姆斯特丹夹带了一
　　点点大麻进入德国——大麻在荷兰是合法的——被德国边境警察逮
　　到了，就没马上告诉你，怕你担心。可是，我心里知道，如果需
　　要，我任何时候、任何事情都可以跟你说。

安：所谓好的沟通，并不是什么都说，而是，你明白，你需要的话，什
　　么都可以跟她说，她都能敞开来听。

老死

龙：我快要七十岁了。你们有逐渐的心理准备面对我的死亡吗？

飞：没有。

龙：你们会不会，因为经历过祖父母的老跟死，所以我死的时候，你们
　　都准备好了？

安：哈，这个问题，恐怕要等到发生的时候再问。你说，你父亲的死
　　亡，你母亲的老，你都毫无准备。可是那都是在他们老、死的时候
　　你才知道你毫无准备。你现在问我们有没有准备，我们也要到事情
　　发生的时候才知道有没有准备啊。

飞：（笑个不停）爸爸一定会走在你的前面，所以我们也可以等爸爸死
　　的时候来回答这一题。

龙：……

飞：但是，我郑重地说，我们都意识到，你有一天会死。

（三人笑得崩溃）

龙：儿子，你太冰雪聪明了，竟然有这个意识。

安：这是你新书的最大亮点："你的孩子知道有一天你会死。"你一定
要告诉你的编辑。

龙：（笑倒在沙发）你们恶搞，把我的思绪打乱了。我不知道我要问什
么了……

安：玩笑归玩笑，真的，我认为，你说的"因为经验而有心理准备"，
是不错的理论。但是真正发生的时候，对每一个人应该都还是生命
震撼。死亡是绝对主观、极端个人的经验吧。不是学骑脚踏车，学
过了就会了。对于死亡，没有"会了"这回事。

龙：可是，经验过父亲的死亡以后，我觉得我确实上过一课，对我母亲
的未来过世，我比较有准备了。

安：每个人只有一个父亲、一个母亲。父亲母亲也只会死一次，所以父
亲母亲的死，是独一无二的经验，不会说，因为你经历过祖父母的
死，所以就"上过课"了。

飞：除非你跟祖父母的关系非常、非常密切，有可能。

龙：我……可以跟你们说一个秘密吗？

（沉默三十秒……）

飞：我们可以说"拜托不要"吗？（大笑）

安：（爆笑）

龙：你们的德国爷爷过世的时候，他的大体放在家里的客厅里，让亲友
来告别。

安：这我听你说过。

龙：然后，因为我没见过任何人死亡，爷爷是我第一次见到"死人"，
所以……

飞：你——你做了什么？

龙：爷爷生前我们关系很好，他很疼爱我，我也非常亲近他。
这时客人还没到，没有人看见。我走近他，很仔细地看他躺在棺材
里，然后，用一根手指去压他的脸颊。我想知道死后肌肉和皮肤的
感觉是什么样。

飞：你看你看，这又佐证了我们说的极端"好奇"啊。

龙：我就是想知道皮肤的感觉。

飞：我也不知道那个感觉，安安肯定也不知道，那天来吊丧的所有的亲
朋好友也不知道死人皮肤的感觉。可是，我可以百分之百告诉你，
妈，没有一个人会真的用手指去试啦。我也不会想去碰，你求我我
也不会想要碰。只有你会做这种事。

放手

龙：你们印象中我怎么对待我的父母？

安：最难忘的就是你让我们把爷爷弄哭的那一次。

飞：对。因为爷爷久病，完全不说话了，你要我们两个去逗他说话。怎
么逗都不成功。后来，你就悄悄跟安安说：安安，你问爷爷，你的
妈妈到哪里去了。

安安就问：爷爷，你妈呢？

一整天不说话，连表情都没有的爷爷，一下子就哭起来了。痛哭，一直哭一直说，哭着说他怎么对不起他妈妈。

你完全知道他的痛点在哪里。

安：那是个甜蜜又悲伤的记忆。他们很爱你，你对他们也很好。

龙：你们觉得我过度地在想老和死的议题吗？

飞：是。

安：但是只要它不影响你对生活和生命的热情、快乐，就没事。

龙：你知道吗？不久前我们几个同龄的女朋友在一起吃饭，有人说，科学家预测我们这一代人会活到一百多岁。你知道我们的反应吗？本来都兴高采烈在吃饭喝酒，这时全都停下筷子，放下酒杯，垮下脸，很沮丧地说：欧买尬，那怎么办？

安：不要我们走了你还在，那就不好玩了。

龙：好，最后一个问题。你妈怎么对待你们的女朋友？

飞：你很嫉妒。一开始，你开玩笑，跟我说，你想毒死她。我想这是开玩笑吧。可是，这个笑话，你讲了五年耶！我觉得，可能不是玩笑呢。看得出，你有努力想要表现得"喜欢"，可是，总不自然。这方面你实在不是很成功，只能勉强说，有在进步中。

安：你对我的女朋友还可以。

龙：很难耶……

飞：我觉得问题在你，还没认真处理"放手"这件事。人家都说，最难的是父母放手让女儿走，可是我发现你让儿子远走高飞好像特别难……

龙：呃……我还写了一篇叫《母兽十诫》的文章，告诉读者怎么对待儿

　　子的女朋友呢……

飞：你不太行啊。

龙：我得几分？

飞：及格是几分？

龙：六十。

飞：那你六十分。

图片索引

P99 哥哥捉蝶我采花（龙应台 提供）

P101 轿夫的妈：1938至1943年间，重庆遭到日军超过218次轰炸。（达志影像授权提供）

P103 一个包袱（龙应台 提供）

P105 国民香（引用自杭穉英绘老上海月份牌）

P107 电火白灿灿：在1935年，台湾第一次举办大型博览会宣传海报。（达志影像授权提供）

P141 牛车：1934年，平交道安全倡导海报。（现藏于"台湾国家图书馆"）

P143 快乐的孩子：战地记者罗伯特·卡帕摄于1938年。（东方IC授权提供）

P145 认真的孩子：1935年，穿纳粹军服的孩子。（达志影像授权提供）

P147 云咸街：1961年，香港街头。（达志影像授权提供）

P149 民国女子（龙应台 提供）

P151 家，九号标的：1944年2月的美军情报分析报告中的空拍照，同年10月即对高雄港发动空袭。（现藏于美国国家档案馆）

P153 饥饿（达志影像授权提供）

P185 九条命（达志影像授权提供）

P187 古城：大轰炸后，从德累斯顿市政厅大楼俯瞰，全城尽成废墟。摄于1946年。（达志影像授权提供）

P189 亲爱的弟弟（达志影像授权提供）

P191 宵月：1946年，宵月舰上，跟澳洲士兵领取牛奶的台湾一家人。（现藏于澳洲维多利亚州立图书馆）

P193 回家：一德国士兵1946年从苏联战俘营获释后回到法兰克福，发现家已化为灰烬。（达志影像授权提供）

P195 逃亡包：1955年，大陈岛撤退。（达志影像授权提供）

P197 亲爱的温暖的手：1951年，朝鲜战争战场上一个平民被绑的双手。（达志影像授权提供）

P231 喂鸡（龙应台 提供）

P233 大寮乡（龙应台 提供）

P235 乐府（龙应台 摄影）

P237 雨篷：龚精忠（右）和张碧（中左）为一对"三轮车鸳鸯"，两人靠着三轮车生意，养活一家十余口人。1959年摄。（联合在线授权提供）

P239 独立（龙应台 摄影）

P241 男朋友女朋友（龙应台 提供）

P243 空篮子（《天下杂志》王建栋 摄影）

图书在版编目（CIP）数据

天长地久：给美君的信 / 龙应台著. — 长沙：湖
南文艺出版社，2018.8
ISBN 978-7-5404-8807-9

Ⅰ.①天… Ⅱ.①龙… Ⅲ.①散文集—中国—当代
Ⅳ.①I267

中国版本图书馆CIP数据核字（2018）第155671号

本书整体图文编辑创意与版式由台湾天下杂志股份有限公司授权提供。

上架建议：名家·散文

TIANCHANGDIJIU：GEI MEIJUN DE XIN
天长地久：给美君的信

作　　者：龙应台
出版人：曾赛丰
责任编辑：薛　健　刘诗哲
监　　制：吴文娟
策划编辑：王叵咄　许韩茹
特约编辑：陈晓梦
营销支持：李天语　田安琪
封面设计：利　锐
版式设计：台湾天下杂志股份有限公司
美术支持：李　洁

封面摄影：黄效文
封面题字：王羲之，集字自《兰亭集序》
腰封摄影：王建栋

出版发行：湖南文艺出版社
　　　　　（长沙市雨花区东二环一段508号 邮编：410014）
网　　址：www.hnwy.net
印　　刷：北京中科印刷有限公司
经　　销：新华书店
开　　本：715mm×955mm　1/16
字　　数：179 千字
印　　张：19
版　　次：2018年8月第1版
印　　次：2018年8月第1次印刷
书　　号：ISBN 978-7-5404-8807-9
定　　价：58.00 元

若有质量问题，请致电质量监督电话：010-59096394
团购电话：010-59320018